都市と野生の思考

鷲田清一
Washida Kiyokazu

山極寿一
Yamagiwa Juichi

インターナショナル新書 013

目次

はじめに

山極さんと親しくお話をするようになって、かれこれ四半世紀になる。学生時代にはたぶん六、七年おなじキャンパスにいたはずだが、出会うことはなかった。そのころは部室のある西部構内と、読書会をする喫茶店や友人の下宿と、哲学科の閲覧室と、映画館とバイト先とがわたしが一日の大半を過ごす場所だったから、そもそも出会うはずもなかった。

これまでのたがいの足跡はある意味、対照的である。いってみれば、山極さんは京都にやってきた人、わたしは京都を離れた者である。東京生まれの彼は京都大学の研究に憧れ、一〇代で京都にやってきた後、アフリカ、愛知、そして京都と活動の場を移す。わたしは、京都で学んだ後、京都を離れ、大阪と東京を主たる仕事の場とし、その間にしばらくドイツでも研究生活を送った。

いずれも主たる活動の場が生まれたのとは異なる場所だったので、出身地への過剰な思い入れは二人ともない。一方、霊長類学と哲学、ともに国境とか、文理の壁なんぞに怯《ひる》むような学問ではないし、人類史どころか自然史にまで手を突っ込んできた学問だから、なんのとらわれもないおしゃべりができる。

その山極さんとはじめてお目にかかったのはどんな集まりであったか、じつはよく憶えていない。だがそのあとは、こちらからこの研究会のメンバーになってくださいと、再三お願いし、いつも快く引き受けてくださった。おたがい、まだ自由な時間がたっぷりあったころである。とくにわたしが研究代表を務めた国際高等研究所の「センサー論」研究会、屋久島で合宿もしたサントリー不易流行研究所の「成熟社会のライフスタイル」研究会、さらに京都府の文化力創造懇話会など、それぞれに長く続いた研究会や委員会で、山極さんはなくてはならないメンバーだった。

その理由は一つ。わたしなどのような「人間」研究者には、これは人間に固有のものと、勝手に思い込んでいることが多すぎるからだ。だからその視野の狭さを正すために、およそ七〇〇万年前に別の進化へと枝分かれしていった類人猿の集団生活のありようを研究してきた彼に、いちいち意見を聞かせてもらいたかった。だれからどんなテーゼが提示されても、いったん山極さんに「ゴリラの場合はどうですか?」と訊ねた。そしてそのつど強い衝撃を受けたり、ぐっと考え込んだりするのだった。

かつてわたしは、山極さんの文庫本の解説を書く機会に恵まれ、そのとき山極さんの仕事をこんなふうに評させてもらった。「ごつい思想、密な調査、深い知恵」と。

限られた観察時間でデータをとり、論文を量産し、書いた後はその動物に関心を失う「小回りのきく賢い学者」になるより、「対象にずっと感動と愛着をもち続ける動物学者になりたい」と思ってきたという山極さんは、自然史から人類の制度史まで、研究の射程距離がとてつもなく大きい。

そのためのフィールド調査では、来る日も来る日もゴリラの糞を計量し、水洗いしてから、新聞紙の上に拡げ、竹べらでかき分け内容物を分析するという「糞分析」を四年間、さらにゴリラの一集団を二年間ひたすら追跡し、その間に調査した巣は三四七五。そんな地道な調査にさらに緻密な推論を重ねてきた。

そして類人猿を「人類の過去を探る辞書のひとつ」とし、その研究から導き出される深い叡智。わたしたち人類が繰り返してきた衝突の悲しい歴史を〈共存〉の途へと切り換えるには、その類人猿が見つけた方策から多くを学ぶ必要があるとし、「われわれ人類はけっして最善の方法で自然と接してきたわけではない」と語る。

そんな山極さんとの対話のなかで、たとえば人類を「ケアする動物」と規定できないかという提案、生きものの〈内〉と〈外〉についての考え方、「しんがりの思想」というアイデアなど、わたしがぶつけた問いに確かな答えをもらったおかげで、その後わたしは何度も自分の思考のアクセルをおもいきり吹かすことができたのであった。

山極さんは京都大学の総長に就任してからすぐに、WINDOW構想（詳細は一三九ページ参照）なるものを発表した。このなかでもとくにWild（野生的）でNoble（高潔）な知性というところはとくに心がときめいた。今となれば、これが霊長類学研究者と哲学研究者との今回の対談テーマ「野生と都市の思考」の伏線になっていたのだとおもう。

数年前、たまたま相前後して、山極さんは総合大学の総長職に、わたしは芸術大学の学長職に就いた。だから教育についてもよくおしゃべりをするのだが、教育の補完的な科目としてではなく、教育全般の軸となる方法として〈芸術〉が、これからはとても大きな意味をもつだろうとの予感、というよりは確信を二人は共有している。これについても近々、対談することになっている。たっぷり刺激をもらいたいとおもっている。

鷲田清一

第一章　大学はジャングル

大学の本来の使命とは

山極　私も二〇一四年に京都大学の総長になったこともあり、まずリーダーシップについて話したいと思います。大学の総長もリーダーだというわけで、もっとリーダーシップを発揮せよ、と国からは言われるのですが、どうにも違和感が拭えません。リーダーシップをどう考えるかは、本来なら各大学の理念に任されているはずです。鷲田さんは大阪大学で四年間総長を務められて、今度は京都市立芸術大学の学長になられた。大学トップのリーダーシップについて、どうお考えですか。

鷲田　国立大学は文部科学省や有識者会議などからの要請が何重にもあって大変ですね。その点、今は公立大学なので、少し気は楽です。

山極　とはいえ国立大学の学長を四年間も務められたのだから、ほんとにすごいです。私は三年ほど経ちますが、就任してすぐにボロボロでした（笑）。企業は利益追求を目標として、社長の鶴のひと声のもとに社員が一丸となって動けばよいでしょう。けれども教育機関は違う。教育機関は人づくりの場、つまり多種多様な人材の自己形成を手助けするところですから、総長が強権を発動する上意下達《じょういかたつ》なんて合うはずがない。むしろ自発性を高めるには、ボトムアップで意見を吸い上げながら合意形成を図ることが必要でしょう。だから総長は調整役に徹したほうがいいと思うのですが……。

鷲田　そのとおりです。私は阪大総長時代に、月一回、理事から部長課長、新人までの各職階から一人ずつ代表を集めてカフェ形式のミーティングをしていました。そこでは一つだけルールがあり、相手を役職名ではなく必ず「さん」づけで呼ぶ。ピラミッド型ではなくフラットな組織をつくるための試みでしたが、呼び方一つでその場の空気が明らかに変わるものです。

山極　いろいろな人がいて、好き勝手なことをする場が大学、これはある意味ジャングルのようなところだと思います。陸上で生物の多様性が最も高い場所がジャングルであるように、大学も多彩な人材が集まり多様な研究を自由に行える場であるべきでしょう。多様性を維持することがジャングルの安定性につながるのであり、そのためにはエネルギーと水、すなわち資金と世論の支えが必要です。外部の支援を引き出しながら、大学にいる猛獣のような研究者たちに縄をつけることなく、その能力を存分に引き出す。これこそが総長のリーダーシップではないでしょうか。

鷲田　まさしくそうですね。それにしてもジャングルとはいいたとえですね。大学本来の意義を突き詰めるなら、それは今この時代の国家的ニーズに応えることなどでは決してない。大学とは本来、国家や資本主義の市場論理などよりもっと根源的で、幅広い社会全体の仕組みの中で機能してきた組織です。そういう歴史の大きなスケールの中で大学を捉え直すべきです。要するに今の社会が行き詰まったときや国自体が大きく変容したときに、これまでとは別の社会の仕組みをつくるための知的資源を蓄えておくこと、これこそが大学本来の使命です。目先の利益だけを追うような研究をしていてはいかんと思いますね。

山極　おもろい研究に生命を削るのが本来のあり方だと。

鷲田　まさにそのとおりで、世界中のあらゆる言語の構造を探究してみたり、物質の素性をミクロのレベルで考察してみたり、そうかと思えば宇宙の果てを突き詰めようとしたり……。今すぐに役に立つようなことや日常生活とはおよそ関係のないことを必死になって研究している。それも私利私欲は一切抜きにしてです。傍《はた》から見れば何の役に立つのかさっぱりわからないような研究に、どうして正月も盆もないほど必死に取り組めるんだろう、そう思わせてこそ本物です。

山極　ゴリラの家族形態の研究なんて、その最たるものです（笑）。ジャングルのたとえに戻ると、安定性は多様性が担保してくれるのです。だから、大学も多様な研究者がいることで、多様な知を集積できる。急激に移り変わっている政治・経済と対峙《たいじ》して、大学が存続していけるのは多様性を維持しているからでしょう。これまでの知が役に立たなくなったときに新たな知を創造する。現実世界に役立つ知識だけでは、未来を生きることはできません。未来をじっくり考えることが大学のミッション（社会的使命）だと思います。

鷲田　大学が法人化されてから、大きく変わったのがミッションです。従来は研究・教育と言われていたのに、順番が変わって教育・研究となった。そこに社会貢献が加わって、今では三大ミッションとなったわけです。

山極　さらに、そこからの機能分化が求められている。

鷲田　しかも社会貢献と言いながら、この場合の社会とは企業だけのことを言っている。要するに産業・経済界でしっかり働ける、グローバルな人材を大学は養成せよというわけです。それと並行して産業技術のイノベーションや社会調査のために、企業から外部資金の供与を受けて産学連携で共同研究を進めなければならないと。けれども、社会とは本来、企業だけではなく市民社会もあるはずです。たとえば社会で抱える汚染などの問題、あるいは食の安全性の問題、こういった問題についても大学はその実態調査や問題解決に乗り出さないといけない。だから社会貢献といっても、もっと広い意味で捉えなければいけません。

おもろい研究だからこそ価値がある

鷲田　ところで、学生のころ「あいつ頭ええなと言われたら、馬鹿にされてると思え」と、桑原武夫先生が口癖のように言われていたと聞きました。「あいつはおもろい」と言われて初めて褒められたことになるんだと。「おもろい」とは、これまでの通説や、それらが依拠している基盤そのものを揺るがし、覆す徴候を見てとったときに発せられる言葉です。これに対して「頭がええ」とか「できる」というのは、今、流通している基準の中で測られた評価でしかない。

山極　いかにも京大らしい話で、よくわかります。現世での利益など関係なく、とにかくおもろい研究にひたすら切磋琢磨できる。とんでもないことでもじっくりと考えられる、そんな場が大学です。ジャングルが多種多様な遺伝子をストックする場であるように、大学はありとあらゆる知の貯蔵庫であるべきです。

鷲田　とんでもないことを言い出すやつを放逐したり、飼い馴らしたりするのではなく、あえて野放しのままにしておく場所ですね。その意味では、大学が引き受けるべき社会貢献とは、社会実験だと思います。世間でいきなり採り入れたらリスクのあることを大学でやってみる。たとえば過激なフレックスタイムとか、とんでもない会議の進め方とか。今度つくる京都市立芸大の新しいキャンパスでは、会議室をなくしてしまって、会議は立ってやるようにしようかと企んでいます。オランダの提携校を視察に行くと、実際に会議室がなくて、会議は廊下のコーヒーコーナーみたいなところに集まってきた人が、ぺちゃくちゃしゃべって終わりでした。しかも、建物が四角錐を斜めにしたような形になっていて、屋根では植生の実験をやっている。こういう社会実験をできるのは大学だけだし、それをやることも大学の責任だと思います。

山極　大学がミニチュアモデルをつくって実験し、うまくいけば社会に広げるというのは、いい考えですね。

鷲田　阪大時代には教養教育の改革を手がけました。教養といえば学部一回生で履修して、その後はひたすら専門的な研究に入っていく。でも、待てよと。大学院で博士号を取る前こそ、教養が最も必要になるのではないか。専門性を突き詰めた研究成果を現実社会で使うとなれば、本当にそれを使っていいのかどうか、あるいはどういう形で使えばよいのかを考えなければならない。博士号を目指している学生にこそ、教養教育、リベラルアーツが必要だと思いませんか。

山極　劇作家の平田オリザさんの演劇の手法を採り入れた講義や、鷲田先生自身もアーテイストと一緒に哲学の演習をされていたのは、そんな狙いがあったのですね。

鷲田　これもある種の実験です。おもしろいことは、教養につながり、芸術にもつながる。京大の「おもろい」というのは、そこなんだと思います。これを僕はエクストラオーディナリー（並外れた）という言葉で表現しています。要するにオーディナリーな（普通の）世界の外側から、この世の価値観を検証する。芸術や音楽も同じで、絵も曲も、目に見えるものを通して見えない世界を見たり、聞こえる音を通して聞こえないものを聞く。このエクストラオーディナリーを大切にするのが京大の伝統だと思います。実は、「おもろいな」には必ず後づけがあって、「ほな、やってみなはれ」という言葉が続くのです。

山極　人の気を引くような、おもろい提案をしないと誰も同意してくれない。ただし、一度同意してくれたら、それは信頼されていることでもある。だから突拍子もない発想を許容して、後押ししてくれる。これが京大の世界観なんですね。

鷲田　サントリーなども創業者の鳥井信治郎さんの「やってみなはれ」の精神が企業文化として根づいていますね。そのルーツをたどれば、上方《かみがた》の市民文化に行き着くのでしょう。

ゴリラから学ぶリーダーシップ

山極　ところで僕はリーダーシップをゴリラの社会から学びました。彼らのリーダーには、二つの魅力が求められます。他者を惹きつける魅力と、他者を許容する魅力です。ゴリラのリーダーは、仲間から担ぎ上げられてなるものであり、他者を力ずくで押さえつけるニホンザルのリーダーとは対極の存在です。

鷲田　僕も『しんがりの思想』（角川新書）の冒頭で、今や旧態依然としたリーダーシップなんてまったくのナンセンスだと書きました。みんながリーダーになりたがる社会ほどもろいものはないし、リーダーシップを持てと言われてリーダーになろうとする人なんて、本来はリーダーにはまったく向いていないわけです。

山極　ゴリラの場合は「こいつをリーダーにしておくと、分け前が増える」とか「こいつがリーダーならいろいろとよいことをやってくれるに違いない」と信頼されたり期待されるオスがリーダーに担がれます。自分がリーダーになりたいと宣言しても、みんなが納得してくれなければ、なることはできません。

鷲田　かつてＩＢＭの会長がリーダーの仕事を「getting things done by others（人を恃《たの》んで事をなす）」と言っていました。要するにリーダーとは、自分がいなくても、まわりがうまく動くようにセッティングする人のことだと。

山極　ゴリラの場合、メスはいろんな群れから来るから、血縁関係がなくてバラバラです。そんなメスたちを、リーダーの魅力で惹きつけておかなければならない。子どもたちを守るためには、子どもたちからも好かれていなければならない。すべてのメスや子どもの性格をきちんと心得た上で、必要な気配りを求められるのが、リーダーです。

鷲田　人の上に立って人を手足のように使う、そんなのは本当のリーダーではないですね。

山極　リーダーはまわりの人の適性や能力を的確に判断し、チームワークを先導して目的に向かってみんなをまとめる。だからリーダー自身は目立たなくていい。ネットワークの中に組み込まれていて、ネットワークを動かす原動力になる人が、真の意味でのリーダーでしょう。「あれ！　君がリーダーだったの？」と言われるぐらいでちょうどいいんです。戦いに勝つためにチームを引っ張り、その結果、目立つような存在はリーダーとは言えません。

鷲田　そのためにはメンバーの能力を把握しておく必要があります。人の意見を聞き、対話を通じて多様性を知り、いろいろな事態に対処できる知識を持っていることも必要です。

山極　ただし、そんな能力は、教えようとしても教えることはできない。リーダーとはあくまでも自発的に育つものであり、育てようと思っても育てられるはずがない。大学にできることは、リーダーが育つための環境を用意することです。文系・理系を問わず幅広い教養を身につけるための場として、京都大学では博士課程教育リーディングプログラム「京都大学大学院思修館」をつくりました。

鷲田　リーダーにアドバイスする人、縁の下の力持ちとなって支える人、前線でがんばる兵隊役の人などいろいろな人がいてはじめてチームは機能するものでしょう。みんながリーダーになりたがる社会ほど危ないものはない。リーダーというのは、誰もまだ見たことのない風景を見せてくれる人でもある。だから、リーダーシップの本なんかを読んで、こうすればよいのかと鵜呑みにしてやっている人は、従順な部下にはなれてもリーダーには絶対になれません。

山極　まさに『しんがりの思想』に書かれていたことですね。

鷲田　今、先進国では軒並み人口が減って、社会が縮小し始めています。こんな状況は過去になかった。そういう時代のリーダーとして最も重要な資質が、「しんがりマインド」だと思うのです。しんがりとは、敗色濃厚になったときに、大切な人を先に逃がして、その人たちが安全なところにたどり着くまで、敵のいちばん近くで踏ん張る人のことです。

山極　山登りでもリーダーが最後尾につきますね。

鷲田　いちばん強い人が最後尾にいて、いつも全体を見ている。二番手が先頭に立ち、最も弱い人がその次を歩く。そして先頭はその人の息づかいを背中で聞きながらペースを決める。何かあったときには、最後尾のリーダーがすぐに駆けつけて、難を逃れる。社会が縮小するなかで、どうやって生き延びていくのかを考えるのが、これからのリーダーの役目。だから「しんがりの思想」が必要になるのではないでしょうか。

山極　縮小するのは、誰にとってもあまり喜ばしいことではない。けれども、そういう社会の中で生き延びていくためには、どうすればよいのか。情理を尽くしてビジョンを語れることが、これからのリーダーの資質でしょうね。

松下幸之助のリーダーシップはゴリラそのもの

鷲田　僕はリーダーシップ論は一冊も読んだことがない。けれども、思いもかけない人の語った言葉が、記憶に焼きついています。松下電器（現・パナソニック）の社員から聞いた松下幸之助さんのリーダー論です。松下さんはリーダーの条件を三つ挙げたそうです。まずは愛嬌《あいきょう》、これはゴリラにも通じますね。二つ目は運が強そうなこと、実際に運が強いかどうかはともかく強そうに見えることが大切だと。これもゴリラと同じでしょう。三つ目が後ろ姿だというのです。

山極　なんと！　ゴリラそのものじゃないですか。

鷲田　これに関して松下さんは理由を言わなかったらしい。そこで僕なりに解釈してみると、愛嬌は森の石松なんですね。一本気でいつもまわりをハラハラさせるけれど、なぜか憎めない。まわりの人を、私が見ていてあげないと、という気にさせる。運の強そうな人といえば長嶋茂雄でしょう。彼も成功体験ばかりと思われがちだけれど、実は監督時代にチームは最下位になっているし、妙な形で辞めさせられたりと決して運は強くなかったけれど、強いと思わせるところがあった。ただ、彼のそばにいるとなんだかすべてがうまくいきそうな気になるんです。

山極　確かに、よいリーダーのそばにいると気が大きくなります。

鷲田　三つ目の後ろ姿は高倉健です。一人で仇討ちに行くときなども、彼は何も説明しない。黙って一人で出かける。その背中を見て仲間は、何を心に決めたんだろうと察せずにはいられない。背中だけで、見ている人の想像力を掻《か》き立てる。要するにまわりの人をアクティブな気分にさせる。ものすごくカッコいいリーダーです。

山極　この三つ、まったくゴリラそのものです。

鷲田　背中もそうですか？

山極　ええ。まず愛嬌は、ゴリラでいえば抑制力です。オスのゴリラは体重が二〇〇キロを軽く超える。そんな巨体でも、子どものゴリラや他の動物と無邪気に遊べます。体は大きいけれど、その力を抑制できるので、みんな安心して寄ってくるのです。子どもがめちゃめちゃ叩いたりしても、ドーンと構えている。

鷲田　怒ったりしない？

山極　もちろんです。だから、みんなを惹きつけることができる。本当は強いんだけれど、それを抑えていることができる。これが愛嬌なんですよ。運が強そうに見えるとは、リーダーのそばにいると大丈夫だということ。これがディスプレイなんですよ。

鷲田　あの胸をどんどん叩く、ドラミングという行為ですか。

山極　ゴリラのオスがドラミングしてまわりを威圧すると、彼のそばにいれば安全だという目印になる。これもゴリラのリーダーの要件です。背中で語るなんてまさにゴリラの常《じょう》套《とう》手段ですよ。リーダーは群れの先頭を歩いていき、絶対に振り返らない。

鷲田　まさか松下幸之助さんが、ゴリラと同じ悟り方をしていたとは（笑）。

山極　松下さんが、自分の人生を突き詰めてたどり着いた悟りがゴリラと同じだったとは実に感慨深い。人間の世界でも本当のリーダーは、人がまわりで騒いでいても聞いていないふりをしているでしょう。これからの時代、俺についてこい式のリーダーだったら困るのですよ。リーダーというと、どうしても戦いの場というか競争する現場におけるリーダーと捉えがちです。けれども、これからのリーダーに求められるのは、人の話をじっくり聞けて、相手の立場で考えられること。極端な話、リーダーが一人である必要もないぐらいです。誰もが交代でリーダーになってもよいのではないでしょうか。

鷲田　市民社会、地域のリーダーはそうあるべきでしょうね。みんな本業を別に持っているのだから。

山極　ある局面ではリーダーだった人が、局面が変わるとリーダーを代わる。ターンテイキング、つまり役割の交代といえば遊びの特徴です。立場を自由自在に交代して遊ぶことで、人を立てる楽しさを覚える。

負けない論理

鷲田　山極さんからゴリラの話を聞いて、いいなあと思うのが、勝者敗者がいないということです。

山極　彼らには「負ける」という意識がないのです。一方、ニホンザルは勝敗を決めて、弱いほうが引き下がる。勝ったほうがすべてを独占する。これは勝つ論理です。でも、ゴリラは勝敗を決めない。つまり勝ちをつくらない。みんなでこぞって負けそうなやつを助ける。これは負けない論理なんですね。

鷲田　負けない論理と勝つ論理はまったく違うということですね。勝つ論理とは、相手を屈服させて、押しのけて、自分から遠ざけることによって権威の空間をつくる。そうすると人は必然的に離れていく。

山極　勝つ論理は、もう必要ないと思います。求められるのは負けない論理であり、そのゴールは相手と同じ目線に立つことです。だから、決して相手を遠ざけたりしない。

鷲田　むしろ相手を惹きつけるのが負けない論理か、いい言葉ですね。

山極　ただ勝つ必要がないとはいえ、コンフリクト（葛藤）は必要です。共通の対立点があるからこそ相手とつながり、意見の衝突を通じて深い絆《きずな》が育まれる。人間はコンフリクトを利用して、相手との絆を確かめてきました。そんなコミュニケーションこそが人間の知恵なんですね。ところが、今は相手を屈服させ、押しのけることばかりに意識が向かっているのではないでしょうか。

鷲田　コミュニケーション教育の重要性が大学でも言われていますけれど、コミュニケーション能力＝ディベートで勝つことと勘違いされているフシがある。コミュニケーション教育で教えるべきはディベートではなく、ダイアログです。平田オリザさんが、ディベートとダイアログの違いを教えてくれたのですが、ディベートでは、議論の最初と最後で自分が変わっていたら負けです。議論に勝つことだけが目的だから、自分の考えを一切変えてはいけない。これに対してダイアログは、話の最初と最後で自分が変わっていなかったら意味がない。またダイアログでは、話せば話すほど自分と相手との差異が細やかに見えてくる。このようにお互いの差異がより微細にわかるようになるのが、ダイアログだと思います。

山極　違いがはっきり見えるから第三者が仲裁に入れる。昔は無礼講の場などでケンカになったら、誰かが間に入りました。落としどころを見つけて仲直りさせることで、二人の絆が強くなる。

鷲田　ケンカすることにもお互いメリットがあった。ところが今は取っ組み合いのケンカなどしようものなら、すぐに警察に電話しろとなる。

山極　インターネットが普及して、非接触のコミュニケーションが蔓延《まんえん》したために人間関係のつくられ方やあり方も大きく変化しました。これは仕方のない変化ですが、コンフリクトの意義とその解消法は考え直したほうがいい。人は本来負けず嫌いな生き物であり、人に認めてもらいたい。だからといって自分の意見ばかり主張していては逆効果にしかならない。そこで仲裁者に間に入ってもらって、バランスをうまくとってきた。これは一種の社会的技法であり、鷲田さんが先ほどおっしゃったコミュニケーションです。ところが、それを学ばずに大人になっている人が増えている。リーダーになるためにも、わきまえておく必要がある能力、それは仲裁者となることです。様々な能力を持つ人が集まっているグループで、異なる能力が引き起こしがちなコンフリクトをいかにまとめ上げていくのか。

鷲田　社会とはいろいろな仕組みや制度があり、架空のルールを共有するわけです。ゲームと同じですね。社会制度はゲームのルールみたいなもので、これを守らないとプレイできない。遊ぶことを英語で play と言いますが、これには演じるという意味もあって、そこには観客が想定されている。おもろいことをすれば拍手してくれる。遊びは人間社会の仕組みや社会的行動を考えるときに、とても大切な概念だと思います。つい先日、英語の語源辞典を引いていたら、play のアングロサクソン語源に clap、つまり（手や肩をポンと）叩くというのがあった。clap hands といえば拍手喝采すること、つまり称賛し囃《はや》し立てるということです。だから、遊びにはプレイする当事者の他に、必ず観客がいて拍手してくれます。

山極　まさに「おもろい世界」ですね。おもしろくないと拍手してもらえない。

鷲田　後ろ姿を見せるリーダーゴリラも、みんなの視線は気にしているわけでしょう。彼も拍手してもらいたい。だから背中でみんなの反応を聞いている。

山極　それはもう、息遣いにまで耳を澄ませていますよ。遊びについてさらに言えば、人間は大人になってもよく遊ぶし、それまでになかった新しい行動を遊びの中で発明したりする。遊びの重要性にいち早く気づいたのは、オランダの歴史家ヨハン・ホイジンガ[*1]ですが、彼は遊びは文化より起源が古いと考えた。そしてロジェ・カイヨワ[*2]は、人間の文化は遊びの上に成り立っており、社会の規範も宗教も遊びの精神世界に由来するものとみなし

＊1　ヨハン・ホイジンガ…オランダの歴史家（一八七二～一九四五年）。代表作に『ホモ・ルーデンス　人類文化と遊戯』（中央公論社）。

＊2　ロジェ・カイヨワ…フランスの批評家、社会学者、哲学者（一九一三～七八年）。代表作に『遊びと人間』（講談社）。該博な知識を駆使して評論活動を行う。

ています。

ネット社会のコミュニケーション

鷲田 ところで、山極さんは携帯電話を持ったの？

山極 総長になってついに持たされました。といっても鞄の中に入れたままですが（笑）。

鷲田 一緒ですね。僕も総長になるまで持たなかったけれど、頼むからと言われた。でも電源を切って鞄の中に入れっ放しです。ホテルの部屋に入ってからまとめて留守電をチェックするので、出張中に急ぎの要件があるときは、ホテルにファクスを送っておいてと言ってます。

山極 何のための携帯電話なんでしょう（笑）。

鷲田 僕らはともかくとして、携帯はコミュニケーションのあり方を変えましたね。

山極 人間のコミュニケーションは本来、生物学的な感性と文化的な感性、それと科学技術が渾然《こんぜん》一体となって行われるものです。生物学的感性とは五感のことです。五感は、人と接して面と向かい合うからこそ得られる感覚で非常に重要です。文化的な感性は、相手の言葉、服装、態度、仕草などで表現されるアイコニック（図像的）なもので、これもコミュニケーションにおいては欠かせません。科学技術はこれをサポートするものだったわけですが、今はこの技術だけがどんどん先行してしまっている。赤ちゃんはまず生物学的な感性だけでコミュニケーションを始め、成長するにつれて文化的感性を学びながら能力を高めていくわけです。ところが今はそうした過程をすっ飛ばして、いきなり科学技術だけでコミュニケーションを始める。

鷲田　ネット上でのやり取りだけでは、生物学的あるいは文化的感性が抜け落ちてしまいますね。どうすれば相手が気持ちいいようにコミュニケーションできるかを学んでいないことに今の情報技術は、使い方が最初から決まっているから、学ぶというよりも身につけるものになってしまう。

山極　科学技術だけのコミュニケーションには、感性の裏づけがないから過剰反応してしまうわけですよ。フェイスブックなどは本人の写真があるから、面と向かって話しているようでいて、生物学的あるいは文化的な感性が抜け落ちている。だから、この言い方は自分をからかっているのではないかとか、何か恨みでもあるのではないかと憶測に走ってしまう。対面していれば伝わるニュアンスが、ネットだと抜け落ちてしまう。だからネット上ではまともな議論が成立しにくいし、せいぜい「いいね！」ぐらいしか言えない。だからといって情報技術を抜きにして、もはや社会は成立しません。情報技術だけが突出してしまって、文化的感性や生物学的感性が追いつけていない現状は、非常にアンバランスだと思います。

鷲田　しかもネット社会では、いざとなったら簡単におりられるというか、リセットできるとみんな思っている。人間の集団でも家族以外は簡単にリセットできるのが現状です。そういう社会はやばい。みんなが、いつでもおりられると考えている社会ほどもろいものはない。阪大時代に大学生を見ていて、彼らもすぐにおりる傾向があることに気がつきました。だから、簡単にはおりられないことを学んでもらうために、アートで教育する取り組みに力を入れたのです。

山極　アートを教えるのではなく、アートで教育するのですか。

鷲田　学生たちに近所の商店街へビデオカメラを持っていかせて、それで地域の人と一緒に何かやってこいというのが課題です。

山極　けっこうな無茶ブリですね（笑）。

鷲田　学生たちが半年ぐらいかけて商店街のおっちゃんやおばちゃんたちと何かする。インタビューでもいいし、映画をつくってもいいし、地域活性化のイベントでもお店のポスターづくりでもいい。人間の活動にはみな目的があるけれど、アートにはそれがない。

山極　アートだから合目的的じゃなくてもかまわないわけですね。

鷲田　およそあらゆる社会活動の中で、アートだけは誰にも目的がわかりません。そこでとにかくみんなでおもしろいことをやろう、ワクワクすることをやろうと話し合っていると自然に盛り上がる。でもワクワクのイメージは人それぞれ違うから、そう簡単にはまとまらない。お互いに探り合うなかでコミュニケーションが生まれる。しかも半年がかりでやるから、誰も簡単にはおりられない。そこに意義がある。

山極　その授業のやり方、すごく興味深いです。今のＩＴ社会では、鷲田さんが言われたように誰もが自分を簡単にリセットできると思い込んでいる。これは相手と面と向かっての付き合いをしていないからです。自分の印象も簡単に変えられると思っている。けれども人間というのは過去からの積み重ねで成り立っているものであり、自分をリセットするなんてそんな簡単にはできっこない。これまでの自分の蓄積をきちんと説明しながら自分を変えていかないと、誰からも信頼されなくなります。

鷲田　自分の言動に責任をとらないというのは、日本人の本質的問題かもしれない。戦争中からずっとそうですね。

山極　日本では、欧米諸国のように個人主義が確立されている社会とは違ったなかでインターネットが普及してきたでしょう。そのために、ものすごく陰湿で無責任な誹謗《ひぼう》中傷がはびこったりします。

鷲田　とはいえインターネットを使わない社会のありようを考えるのも非現実的で、要はどう使いこなすか。

山極　肯定的に捉えるなら、インターネットを使えば、他人と目的を共有しながら、かかわり続けることができる。仕事は主に東京でこなしながら、生まれ故郷のためのコミュニティをITを使って立ち上げる。故郷の活性化のために仲間を集めて情報共有して、イベントなどに積極的に取り組む。ネット社会にもきちんとコミュニティリーダーをつくり、リーダーは交代しながら、そのコミュニティを管理する。たとえばシャッター街になってしまった商店街を活性化する活動に取り組んでもいい。東京で仕事をしながらでも、十分に活動可能です。

鷲田　実は僕もそれほど悲観的にはなっていないんです。もう少し生身の体を信用しようという動きが、若い人の間に出てきているような気がする。これは生物学的感性の復権ではないか。その典型が、若い人が積極的に参加し始めているボランティア活動。IターンやUターンで農村にグループで住む若者たちの動きもそうです。「SEALDs」[*3]の動きを見ていても、あれほど多数の学生たちがデモに参加するとは思いませんでした。その背景としてある種の逆流現象が起こっているのではないでしょうか。

山極 たとえば月に二、三回東京に出張したら、あとは田舎で仕事をする。そんなライフスタイルを選ぶ人も増えてきているようですね。

京都に仕出し屋と和菓子屋がある理由

鷲田 僕は毎月、せんだいメディアテーク[*4]に通っています。ここは完全バリアフリーの建物で、内部には一切壁がなく、垂直の柱もない。そんな場をつくると、おもしろいことが

＊3 SEALDs…「自由と民主主義のための学生緊急行動」の略称。二〇一五年五月設立。二〇一六年八月に沖縄以外で活動中止。二〇一七年三月に元メンバーらが新団体「未来のための公共」を設立。

＊4 せんだいメディアテーク…仙台市民図書館、ギャラリー、イベントスペース、ミニシアターなどからなる仙台市の複合文化施設。鷲田が館長を務める。

起こる。僕もそこに机を置いてもらって仕事をしているんだけれど、まわりからそれこそいろんな話が聞こえてくる。たとえば事務の人に来館者が、トイレが汚いとクレームをつけていたりしてね。別に聞き耳を立てているわけではないけれど、耳に入ってくる。同じフロアでは受験生も勉強していて、彼らはたぶん「大人って大変やなあ」などと思っているはずです。

山極　その話を聞いて思い出すのが、イギリスの人類学者ロビン・ダンバー[*5]の言葉です。彼は「人間の会話のほとんどはゴシップでできている」と喝破しました。ゴシップを共有することで世の中で起こっていることを知り、知識を共有するわけです。「あそこのおじさんは、みんなにあれだけこき下ろされているから、何か失敗したんだな」とか「こういうミスをすると、みんなからこんなふうに言われるんだな」と、子どもはゴシップを通じて肌感覚で世界を理解していく。

鷲田　まさにメディアテークで起こっていることですね。

山極　道徳とは本来、文字に書かれた言葉ではなく、話し言葉で紡がれたストーリーで伝えられるべきものです。道徳をいくら文字で教え込んだところで、体がそれを内面化しない限り行動には反映されません。ところが、人から聞いたストーリーなら体に素直に入ってくる。それが人の行動を規制していくのです。

鷲田　メディアテークでも時々、受験生の勉強を禁止してはどうかという意見が出ます。すぐに席が埋まるから困るとお年寄りが言ってくる。でも、僕は絶対にやめさせない。彼らは受験勉強だけでなく、人生の勉強もしているのですから。

山極　私たちが子どものころは、テレビもなかったし、もちろんインターネットなんかなかった。個室もなかった。子どもたちがどこで世の中を学んでいったかといえば、銭湯での大人たちの会話や、近所の人たちが話すスキャンダルでしょう。そんな話を共有できるコミュニケーションセンターが必要なんですよ。

鷲田　コミュニケーションツールではなく、コミュニケーションする場、メディアテークのような空間ですね。

山極　人と人がリアルに接して、生身の体を使って話をする、共同作業をする。そこで生きた言葉が交わされる。食べることなんか、その最たるもので、京料理の専門家は「料理

＊5　ロビン・ダンバー…イギリスの人類学者、進化生物学者（一九四七年〜）。専門は霊長類の行動。ダンバー数や社会脳仮説の提唱者として知られる。

は人と人を会わせるための場所づくりだ」と言います。料亭とは、まさにコミュニケーションの空間なんですね。

鷲田　そういう場所で大切な話をし、ときにはくだらない話の中から貴重なヒントを得たりもしていた。

山極　今は時間をかけて人と話すなんて無駄だとか、IT機器を駆使して自分の自由な時間をつくることが重要だと言われる。けれども、そうやって得た時間をうまく使っているかといえば、全然使えていない。誰も幸福になっていない。だからもっと楽しいコミュニケーションの場を増やすことが、これからの課題なんでしょうね。

鷲田　ちょうど今祇園祭をやっていますが、これなんかその典型ですね。山鉾のペルシャ絨毯《じゅうたん》を新調するのに、何千万とかかる。それでも続いている理由は「俺の代でやめたら、先祖に申し訳ない」とか「あとで何言われるかわからん」からって。

山極　遊びに蕩尽《とうじん》はつきものですからね。祇園祭は壮大な遊びであるというわけだ。

鷲田　実におもしろい仕組みです。京都は町中の住宅街に、必ず仕出し屋と和菓子屋があるでしょう。あれ何のためかといえば、近所の寄り合いがしょっちゅうあるからです。美《お》味《い》しいものを食べながら話をすることは大事やと、昔の人はわかってたんですね。

第二章　老いと成熟を京都に学ぶ

老化に関する山極仮説

山極　我々ぐらいの年齢になると、どうしても「老い」を意識せざるを得ません。そこで人間の老化に関して私なりに仮説を立ててみました。

鷲田　ほう。どんな仮説でしょう。老いといえば介護となるけれど、大昔から人類は介護をしていたという話を聞いたことがあります。

山極　歯をすべて失った人が長らく生きていたという話ですね。歯がないということは、硬いものを自分で食べることができない。だから、誰かが何とか工夫して飲み込めるように軟らかくした。これはある意味、介護です。

鷲田　それはいつごろの話なのですか。

山極　七万年ぐらい前のネアンデルタール人に、介護の痕跡が見つかっています。たとえば片腕を失っていたり、病気で体の一部が不具になっていながら長く生きていた証拠などが出てきています。

鷲田　で、老いに関する山極仮説とは、どういうものなのでしょう。

山極　男性の老化は、子どもに好かれる方向に進むのではないかと。つまり男性が歳をとると、お腹が出てきたり、髪の毛が薄くなったりするでしょう。いかめしさが薄れて、徐々にユーモラスになっていくのは、子どもにとって親しみやすい方向への変化ではないかと考えたのです。

鷲田　女性に好まれる方向ではないのですか。

山極　それは、ダーウィンの進化論にある性選択ですね。確かに子孫を残さなければならないので、まずは女性から認められなければなりません。けれども、それは繁殖能力を保っている時期の話です。その後、自分の遺伝子を確実に残していくためには、子どもの子ども、つまり孫を育てなければならない。そこで、子どもに好かれる特徴が必要になるわけです。

鷲田　言われてみればそのとおりですが、この仮説は女性には当てはまらないのでしょうか。

山極　女性の場合は「おばあちゃん仮説」があります。女性はまだ体力のあるうちに閉経し、出産や子育てを手伝うのです。男性の場合は、中年以降に体型が変わり、孫と積極的にかかわるようになる。要するに、孫がまたその子どもを残す年齢まで育ってくれなければ、子孫は残らない。だから孫の面倒をみる。そのために幼い子どもに好まれるように体型が変化していく。

鷲田　なるほど。井上ひさしさんも、文化は隔世代で伝わるものだと言ってました。つまり祖父母から孫へということです。現役世代は働くのに忙しくてゆっくり子どもの相手をしている時間がない。そこでたとえば隠居したおじいちゃん、おばあちゃんと子どもが一緒に、現役世代の悪口を言ったりして遊ぶ。

山極　芸事もそうです。文化の伝わる回路は世代を超えてつながっているのでしょう。

鷲田　たとえば、寝床の中でおじいちゃんが孫に昔話をしてやる。その代わり表を歩くときは、孫がおじいちゃんに肩を貸す。弱い者同士が連帯して、大人の観念によって形づくられてきた秩序に対する反秩序を浮かび上がらせる。孫は次の現役世代となるわけで、文化は一世代飛ばしで伝わっていくわけです。

山極　だから、歳をとると子どもに愛される体型になる。子どもたちと高齢者とのつながりを再生して文化を伝えることが、次代を担う若い世代を育むことにつながりますね。

鷲田　歳をとると、子どもに好かれるようになるのはゴリラの世界でも同じなのでしょうか。たとえば、ゴリラも腹が出てきたりするの？

山極　体型の変化は人間に限った話ですが、ゴリラもオスは中年を過ぎると優しくなります。若いころの粗暴さが影を潜めて、寛容になる。それが顔の表情や仕草に出てきます。

鷲田　それで子どもの相手をするわけですね。

山極　子どもと付き合うようになると、自分を抑制し包容力を培わなければなりません。同じことが人間にも起こるのではないか。これはかつて赤瀬川原平さんが「老人力」と表現した圧倒的な許容力ですね。人間の場合、体力は四〇歳ぐらいから衰えるけれども、知力の衰えはずっと緩やかなものです。老人は知力を使うことで、孫の世代から慕われる。

鷲田　争わないことで孫の世代から慕われ、壮年世代のオスからは別格の存在として認められる。確かにそのとおりだと思うけれど、状況が以前と変わってきているのではないかと危惧します。ゴリラと比べると、人間からは残念ながら、かつてあった老いの尊厳や風格が失われているようです。

老いと成熟と未熟

山極　鷲田さんは『京都の平熱　哲学者の都市案内』（講談社学術文庫）で成熟した都市について書いておられますが、都市の成熟と人の成熟を比べて考えると、どうなるのでしょう。都市にも未成熟、成熟、老年といった段階があると思うのですが。

鷲田　成熟には二面性があります。風格が出る一方で、なれずしのように腐ってくる面もある。二〇年ほど前に山極さんとご一緒した成熟社会の研究では「成熟した社会というのは、熟れて腐乱状態にあると同時に、未熟さを深く宿している社会でもある」と総括したでしょう。ここで言う未熟とは、何かに夢中になったら、他のことが目に入らなくなったり、じっとしていられなかったりする様子を示します。

山極　学者や芸術家の多くは、未熟な部分を持ち合わせている人種ですね。

鷲田　すごい学者は往々にして、世間から変人と見られる。世間のことなど何も気にせず、自分の世界だけをとことん突き詰めていくからです。つまり未熟さこそが文化の原動力とも言える。そうした未熟さを内にたっぷり抱えていられるのが成熟社会で、京都はその典型でしょう。これになぞらえて、人が大人になるのも、未熟なものをしっかり守るためであり、だから成熟はかっこいいというのがあのときの議論でした。未熟な人は、未熟な存在を守ることができない。これは一人の人間にも当てはまる話で、自分の中の未熟さを守るためにこそ、人は大人になるんだと。そういう成熟がかっこいいわけです。

山極　その意味で京都は成熟した都市なんですね。当時の議論の中で印象に残っている鷲田さんの言葉があります。「京都には襞《ひだ》がたくさんあり、その中にいろいろなものが隠されている。そうした多様性を包み込んでいる鷹揚《おうよう》さ、許容度が成熟した都市の証である」。

これは人にも共通しますね。

鷲田　影とか闇をも包み込むおおらかさが必要なのです。郊外につくられた人工都市のようにきれいなもの、清潔なもの、秩序だったものだけしか存在しない場所は成熟しているとは言えない。

山極　裏世界のようなものを内包していないと、深みが出ない。

鷲田　オーダー（秩序）に入らないものやオーダーを覆すものが、オーダーと共存している社会ですね。京都でいえば祇園のような場所の存在が、その象徴だと思います。

山極　先日、谷川俊太郎さんの講演に行ったら、おもしろいことを言っていました。谷川さんは、自分には植物のように年輪があるんだとおっしゃる。子どものころの自分が核にあって、その外側に年輪が重なっていく。そんなイメージで自分ができているんだと。確かに谷川さんは、子どもっぽい心をずっと持ち続けておられる。本来なら人間は動物だから、植物とは細胞のでき方が違うんだけれど。

鷲田　人の細胞は何カ月かでそっくり入れ替わるらしいですね。

山極　それが動物なんです。ところが、植物は積み重なっていく。古い細胞が年輪の内側でずっと生き続けています。しかも動かない。その植物の不変性に、我々動物は惹かれるのではないでしょうか。鎮守の森なども、ずっと変わらない風情を湛《たた》えていますからね。鷲田さんも都市の条件として古い木があることを挙げておられましたね。場末と宗教施設と古い木が、都市には必要なんだって。

鷲田 そういうところに精霊が棲みつくわけだ。

山極 動かないという意味では山でもよいのですよ。要するに山や植物などの動かないものが、身近にないといけない。人間の命を超える存在を擁していることが、鷲田さんのおっしゃる都市の条件の一つだったと思います。京都もパリもマドリードにしても、政治は変わっても都市は生き続けている。京都も一二〇〇年の都と言われているけれど、その間の権力の交代を呑み込みながらしたたかに生き延びてきた。この間に街の本質はほとんど変わっていないでしょう。

鷲田 支配者が代わり、国家体制が変わっても生き延びているものの象徴が、街に息づく芸術や祭りです。祇園祭なんて、一体何年続いていることか。人の命を喜ばせるものは、そう簡単には廃れません。

山極 そんな都市では隠居制度のように老人の役割も、きちんと定められていました。まだ若い間に隠居してしまい、政治や商売のギラギラした世界から身を引いて、趣味に生きる。だから「六〇の手習い」なんて言葉が生まれた。伊能忠敬[*1]なんか、隠居してからあれだけの仕事を趣味としてしたわけです。

鷲田　自分の喜びは二の次として孫を喜ばせて楽しむ、そういう老いの形もあった。二〇年前の議論では、そんな成熟社会を予想していたのに、二〇年後の現実はずいぶん悲惨な状態になっている。

山極　一体どこで、何を間違えてしまったのでしょうか。

貧困と格差が変えた成熟社会

鷲田　まさか二〇年後に「貧困」と「格差」が日本社会を語るキーワードになるとは想像もしなかった。バブルが弾けてしまい、すでに少子高齢化は言われていたけれども、それは案外、素敵なことじゃないかと楽観視していました。

＊1　伊能忠敬…江戸後期の地理学者、測量家。（一七四五〜一八一八年）。一八〇〇年、五五歳のときから一七年をかけて全国を測量し、『大日本沿海輿地《よち》全図』を完成させ、日本史上初めて国土の正確な姿を明らかにした。

山極　こんな悲惨な状況になってしまった原因の一つは、定年退職を迎えた人たちが、いまだにギラギラしているからではないでしょうか。「セカンドライフ」なんて言葉が、その象徴でしょう。個人の資産や生きがいばかりが重視され、誰もがひたすら自分の好きなことをやりたいと思っている。働いている間に実現できなかった自分の夢だけを追い続けていて、そんなことよりずっと大切な、人と人の間で生きることの意味を見失っているのです。

鷲田　そんな老人では、格差の対極に位置する若者から反感を買うでしょうね。

山極　若者たちからすれば、年寄りは年金をたくさんもらいながら自由を謳歌しているように映り、敵対意識を持ち始めています。今の若者は、自分たちが老年期を迎えたころには、年金などもらえないことを見抜いていますから。彼らは未来に対する絶望感を抱いていて、そうした状況に自分たちを追い込んだのは、今、老年期を迎えている連中だと考え始めている。

鷲田　となると社会全体がギスギスして、結果的にゆったりとした老後を送れる雰囲気などなくなってしまう。

山極　社会の仕組み自体が、我々がかつて考えていたものとは違う方向に進んでいるようです。特に問題なのは、生きがいをめぐる大きな誤解でしょう。生きがいとは本来、誰かに期待されることによって生まれるものです。ところが今は多くの人が、自分の生きがいは自分で決めるものだと考えている。そのために若いうちから投資しておかないと、老後が保障されないと。そんな了見では人生の幅がとても狭くなってしまいます。

鷲田　ちょうど九〇年代じゃないですか、「アンチエイジング」なんてことを言い出したのは。この言葉には、老化を下り坂としてみなす考え方が反映されている。老いるというのは、肉体に関して言えば、肌が艶や張りを失うこと、体力を失うこと、物事が思いのままにできなくなることです。疲弊、減退、萎縮、衰弱などの否定的なイメージが、そこに折り重なってくる。だから老害、老廃物など「老い」が戦うべき対象とみなされる。かつての「長老」「老師」などの言葉に含まれていた「老い」に対する尊敬は損なわれてしまった。同じころにきんさん・ぎんさんが出てきて、これはやばいなと思いました。あの二人のように若い人から見てかわいい年寄りでなければ、これから先、老後の面倒はみてもらえなくなるという暗黙のメッセージを感じたのです。

山極　今の老人たちが中年のころには、若い人たちに散々威張り散らしてきたわけで、その仕返しをされる恐れもある。

鷲田　定年で会社の看板をなくしたら、急に寂しい人になるでしょう。「濡れ落ち葉」などと言われ、熟年離婚なんて脅され始める。絶えず輝いていなければならないという強迫観念に人は取り憑かれていたのです。これは高度経済成長期以降続いた、右肩上がりの世の中を生きてきた人たちの宿命なのかもしれません。昨日よりも今日のほうがより充実していて当然であり、そうでなければならないと考える。だから、老後は当然、現役時代より豊かでなければならない。けれども豊かな老後って、実はすごくいじましいイメージでしかない。若いときにどうしてがんばるのと聞けば、将来豊かになりたいからと答える。ところが、実際に歳をとってみると、先はもうそんなに長くないから、今が幸せなんだと自分を慰めるしかない。その理由を問えば、若いころにがんばったからだとこじつける。これってものすごく閉じた人生で、他人とのかかわりがどこにもない。

山極　まさに社会と人生の皮肉なアナロジーじゃないですか。高度経済成長期は、これから先は豊かになるんだとがんばった。人生では、老後は豊かになろうと若い間にがんばった。構造は同じですね。ところが、豊かになるはずの社会は衰退し、年寄りになってみると、自分自身は何をしたらよいかわからなくて戸惑っている。

鷲田　ここに見られるのは目的論とも呼べる思考です。人の活動はことごとく目的と手段の連鎖の中に閉じ込められる。今がんばるのは豊かな老後のため、今の活動は将来の事業達成のため。できる限り無駄なく達するために、生産性や効率性を上げる。

山極　現時点の価値観にもとづいて未来を考えるから間違ったのです。先のために今がんばるのはいいけれど、二〇年後がどんな社会かなんて想像できるはずがない。物質的な豊かさだけを求めても、人は豊かになることなどできっこないのです。高度経済成長期に大切な社会資本が失われてしまったのではないか。歳をとって隠居するということは、これまでのような生産とは異なる場に、自分の身をおくことになります。そこで頼りになるのは、信頼できる人間関係に象徴される社会資本なのです。

グローバリゼーションが破壊したコミュニティの根っこ

鷲田　豊かさのイメージが間違っていたという話に加えて、わずかこの二〇年ぐらいで、従来の社会資本を破壊したのがグローバリゼーションでしょう。これが地域社会やコミュニティの根っこを、スカスカにしてしまった。以前は地域社会でまかなっていた衣食住をはじめとするすべてが、巨大なグローバル資本に侵食され、地域社会を支えていた様々な生業の複雑な絡み合いが、根こそぎ引っこ抜かれてしまった。

山極　地域社会の小商いでは、巨大な流通業に太刀打ちできませんね。

鷲田　資本力が桁外れに大きいから、品揃えでも、価格でも勝てるはずがない。経済の形というかサイズ感が、以前とはまったく異なるものとなってしまった。企業城下町が、かつてのコミュニティとしての町を壊していったのも同じ理屈です。地域社会にあった農業や漁業などに小商いなどを加えた絡まり合いが根こそぎにされて、一企業の下請けだけをする町になってしまう。ところが企業は冷徹に資本の論理だけで動くから、中国のほうが工賃が安いとなったら、さっさと工場移転してしまう。そうなると、跡には何も残りません。地方社会が完全に荒廃してしまう。

山極　根っこがなくなったという表現は、言い得て妙ですね。根っことというのは自分が出てきた由来であり、地下で絡まり合ってつながっている。それがたとえば伝統であり、歴史なんです。そういう大切なものを、グローバル経済が大鉈《おおなた》を振るってぶった切ってしまった。根っこがなくなったことで、モビリティ（流動性）は高まったのかもしれないけれど、人と人との深い付き合い、信頼関係が失われてしまった。

鷲田　要するにコミュニティの消失ですね。

山極　たとえ強い逆風が吹いても、根っこが地下茎でしっかりつながっていれば、簡単には倒れません。ところが根を張っていないから、あっさり倒れてしまう。そこで参考にしたいのが、京都のように成熟した都市が秘める強靭さです。この街はどこを歩いていても、そこかしこに過去の佇《たたず》まいを感じる。何百年も前にも同じ場所を、今とは異なる装いの人たちが歩いていた姿が目に浮かぶ。連綿とした歴史の重みを感じれば、人はおのずと居住まいを正すものです。歴史の息吹を孕《はら》む空気が、今の世界だけを基準に考えていてはだめだと教えてくれる。

鷲田　コミュニティは、そこに暮らす人たちが根っこで絡み合うことで成立するものです。何か困ったことがあっても、以前ならたいていは近所のネットワークで解決できた。定年退職した人でも、何らかの形で地域の役に立つから、死ぬまで自分のポジションを確保できたのです。たとえば電気工事に詳しい人、釣りの名人、田植えのうまい人とか。これはあの人に頼んだらいいという、複数の人による重層的なネットワークが機能していた。ところがグローバル化によってネットワークが失われて、システムに置換されてしまった。システムの中では、個人はいくらでも交換可能な匿名の存在として組み込まれざるを得ません。システムにぶら下がって生きるしかない現状が、老いの不安を煽《あお》っているような気がします。老いの尊厳が失われてしまったのです。

山極　アフリカでピグミーと呼ばれる狩猟採集民の人たちと一緒に、ゴリラを追いかけていて感じたのが、みんなが老いを楽しいものと捉えていることです。彼らは歳をとってもオールマイティ、自分で何でもできます。男は料理ができるし、女性だって猟ができる。その上、一人ひとりが特技を持っている。

鷲田　だから、誰もがそれなりにリスペクトされるわけですね。

山極　たとえば薬草に関する教養などは共有しながら、各自が特別な技能を持っていて、それが尊重される。彼らと比べれば、今の我々はなんと不安定なことか。

鷲田　今は何一つ、自分ではできませんからね。赤ちゃんを取り上げることなんてもちろんできるはずもなく、薬草を採ってきて病気を治すことも無理です。自分では何もできない上に、顔見知りの人に頼むこともできない。インターネットなど何かの連絡網を持っていないと、生きることのできない社会をつくってしまったのです。

成熟の街、京都に根づくしきたり

山極　京都が安定して見えるのは、古くからここで暮らす人たちがみんな、同じ教養を共有しているからです。この街にはネットワークが生きている。伝統的な暮らし方などに関しては、特にそうです。

鷲田　あそこの水はアカンとか、よう言うからなあ。

山極　この街並みにはこんな歴史があるとか、こんなときのあいさつの仕方はこうだとかね。京都人だけの常識みたいなものが山ほどあるでしょう。僕はよそ者だから、本当に苦労しますよ。

鷲田　いまだに難儀してるの？

山極　しますよ。鷲田さんは京都に生まれ育ったから、よそ者の苦しみはわからないでしょうけれど。

鷲田　確かに、何月にはどのお菓子を食べるとか、月が替わったから着物の柄を変えなアカンとか細かいことを言いますね。そのしきたりを守っていないと「奇特なお方どすなあ」なんて嫌味を言われたりする。暗に教養がないと皮肉られているわけです。

山極　まさに教養なんですね。京都ではいまだに、衣食住にかかわるしきたりがきちんと保たれている。そのしきたりを共有する人たちと一緒に暮らすから、日々安心して過ごせる。これが根っこを共有する意義でしょう。これは表に現れないからこそ大切なものだった。そんな根っこを日本の多くの地域は失ったんですね。

鷲田　だとすれば、習いを共有し、生業が複雑に絡み合うぐらいのサイズに社会を戻さないといけませんね。

山極　その意味では今がチャンスだと思うんです。人の流動性が高まって行き着くところまでいったすえに、縮小傾向に転じている。これからは、地域をしっかり立て直すことに集中すればいい。

鷲田　そういえば最近増えているUターンやIターンする若者たちの動きには、地域再建の流れがうかがえます。子育てをみんなで一緒にやったり、料理を多めにつくってみんなで配り合ったり。地方で暮らすことを積極的に選んでいる。仕事は基本的にインターネットを使い、時々出張すれば可能なわけだから。困ったときには、いつでも手を借りることのできるネットワークがある安心感を再認識するようになったのではないでしょうか。

山極　思考方法を逆転させる必要があると思います。これまでは時間をひたすら節約することで、自分が自由に使える時間をつくってきた。それが豊かさにつながると考えていたからです。けれども、実は時間をかけることが、人間にとっていちばん大切な社会的ネットワークをつくるために必要なんです。信頼関係は時間の中で育まれるものですから。

鷲田　プロセスのほうが大事だといえば、その典型が祭りじゃないですか。祭りの本番は一瞬で終わるのに、そこに至るまでにどれだけ時間をかけているか。お金を使い、時間を使って練習して、計り知れない労力も提供している。しかも、子どもから年寄りまで世代ごとに、きちんと役割が決まっている。知恵を感じますね。

雑巾に漂う気品

山極　ところが時間のかかるプロセスよりも、結果ばかりを問われるのが最近の風潮です。大学でも「イノベーション人材を育てろ」と、やかましく言われる。けれどもイノベーションはあくまで結果なんです。成果を出すには考える時間が欠かせません。

鷲田　実態は、じっくり考えさせる時間を許していないし、学生の側には考える習慣がない。

山極　そのとおりで、小中高で施されてきた教育では、正解に早くたどり着くことだけがよしとされる。ところが大学に入った途端「これからは正解のない世界ですよ、自分で問いを立てて考えてください」と一転する。けれども、そもそも考える習慣がないのに、いきなり考えろと言っても無理です。この問題は根が深くて、突き詰めると子どものころの環境に行き着きます。昔の子どもは、自分たちの世界と大人の世界が違うことを肌で理解していました。世の中には今の自分にはわからないことがある。そこで年上の人の真似をしながら、考えることを学んでいったわけです。インターネットなどない時代の話で、幸いなことに考える時間だけはたっぷりありましたから。

鷲田　ところが今は考えるより、すぐに検索に走ってしまう。僕らが子どものころには銭湯に行って、二時間ぐらいはしゃいだり、ぼ〜っとしたりしていました。いつも来ているおじいちゃんの話を聞いたりして過ごしていた。

山極　「老人力」には、おしゃべりする力も含まれると思うのです。そのおしゃべりを聞くのは子どもでした。世間話を聞きながら、大人の気分になったり子どもに還ったりする。人の真似をしながら、自分の頭で考えることを学んでいた。ところが今は考える時間を十分に与えられていないから、考える間もなく答えを出さなければならない。

鷲田　大人のほうでは何を話すのかを、一応考えていましたね。子どもに聞かせる話と、絶対に聞かせてはならない話を使い分けていた。たとえば、うちの親は金の話と性のことは、子どもの前では絶対にしなかった。

山極　見ざる、言わざる、聞かざるの三猿ですね。あれは、実は子どものための教えなんです。

鷲田　それは知らなかった。

山極　四猿もあって、それは股に手を当てて「しざる」、つまり姦淫《かんいん》するな、ということです。セックスについては、子どもには見せない。ただ、想像はできるようになっている。

鷲田　でも、チラッと見られるようになっている。そこに知恵を感じますね。

山極　想像させるわけです。だから考える力が生まれる。今は何もかもがあまりにもあからさまになっていて、想像力を働かせることができない。これが何よりの問題でしょう。

鷲田　一見、何かよくわからないことだけれども、実は想像力を刺激することで、ちゃんと役に立っている。これはさっきの根っこの話につながりますね。

山極　鷲田さんがいつかおっしゃっていた、もうリサイクルはやめようという考え方に大賛成なんです。リサイクルとは、古いものをそのまま使うのではなく、古くなったものを材料として新しいものに変えて、それをまた使っていこうという発想です。それはイカンのじゃないかと問題提起された。古いものをきちんと保存し、大切に使う。そうじゃないと古いものの姿が、どんどん見えなくなっていくと。

鷲田　京都だと着物がその典型ですね。最初はよそゆきの豪華な訪問着だったものを、よれてきたら普段着として使い、その後は寝巻にする。着るものとして使えなくなったら、布団カバーにし、最後は雑巾。とことん使うわけです。だから、雑巾とはいえ、もとの訪問着の柄が残っている。これはリサイクルではない。雑巾にさえも、ほんまもんの気品が漂っている。これを通じて子どものころから皮膚感覚が養われるから目も肥えます。だから生粋の京都人は、本物と安物を一瞬にして見抜いてしまう。

山極　すばらしい知恵じゃないですか。

鷲田　だから、井上ひさしさんが言ったように、文化とは隔世代で伝わり、昔話は、祖父母から孫に伝わります。世の中から引退した老人と、これから育って世の中へ参加しようとする子どもたち。子どもたちの親が年寄りになるころ、子どもたちが親になる。その子どもを、かつての親、つまり子どもたちの祖父母が世話をする。このように話や体験が伝わっていく。

山極　それは伝統の体現者が、未成熟な者を内包しながら育てていくという、鷲田さんが成熟に関して話された内容とまったく同じことですね。繰り返しになりますが、その意味でも、老人の身体的特徴は、子どもに愛されるものでなくてはならない。文化が伝わる回路は、世代を超えてつながっていることが大切なんですね。

京都のように成熟した老い

鷲田　ところで、山極さんは、自分の老いを感じているの？

山極　還暦を過ぎると意識せざるを得ませんね。定年が六五歳だから、今後大学院に入ってくる学生の面倒を最後までみることができないと実感したときなどに。自分では学生をとらずに、隠居の身分でサジェッションするような感じです。

鷲田　僕は最近は物忘れがひどくなりましてね。固有名詞がだめ、人の名前なんか覚えられない。大学の職員さんも名前を覚えなければと、手帳にメモを書いているんだけれど無理です。でも、逆に考えれば何が大切なのかを判断するのに、物忘れはちょうどよい手段ではないかと開き直った。たぶん一般動詞は最後まで忘れないし、僕は抽象名詞も忘れない。

山極　動詞は自分の身体感覚に染みついているから、まず忘れませんよ。逆に名詞は、自分の外にあるものだから、忘れて当然なんです。ただ、抽象名詞を忘れないのは、鷲田さんぐらいでしょうけれど。

鷲田　固有名詞とは社会的な名前だから、そんなもんは忘れてもかまわない。最後に覚えているのは、本当に大事なものだけになるような予感がします。だから哲学者にとっては、抽象名詞を忘れてはならない（笑）。

山極　僕も一時、物忘れがひどくなった時期がありましてね。もはや人の名前を覚えようなんて努力は、一切していません。申し訳ないけれど、事務の人たちの名前は全然覚えていない。でも、それでいいんですよ。忘れるのが老人力ですから。ただ、物事の順序だけはしっかり覚えているじゃないですか。たとえば応仁の乱があって、その後どうなったとか、ある出来事を契機として、そこからの流れは思い出せる。これが知識本来のあり方だと思うのです。

鷲田　たとえば「罰が当たる」って言うでしょう。こういう表現は忘れないのでは。

山極　クリストファー・ボーム*[2]が『モラルの起源――道徳、良心、利他行動はどのように進化したのか』（白揚社）で書いていましたが、人間のモラルというのは、恥と罰から来ている。恥は人間にだけ共通するもので、類人猿にはありません。顔を赤らめるのは人間だけなんです。赤面するのは人だけの生理現象です。けれども、類人猿にはないということは、進化のある時点で恥をかくことを生理現象にしたわけです。

鷲田　罰も共通なのですか。

山極　罰は生理現象とは結びついていなくて、文化によって大きく異なります。恥はルール化されていないけれども生理現象として現れ、罰は文化によってルール化されて、幼いころから身体化される。それを教えるのがスキャンダルに関する世間話なんですね。

鷲田 なるほど。先ほど山極さんが言った、歳をとると順番だけは覚えている話で思い出したのが、イギリスの作家、E・M・フォースターの言葉です。記憶とは、若い間はクロノロジーつまり年代記で、中年以降になるとパースペクティブ、遠近法でつまり順番はわかる。そして最後にほとんどの記憶はピクチャー、すなわち一枚の絵になる、と昨日起こったことと、幼稚園時代の経験が、同じ平面に並ぶわけです。

山極 それはおもしろい。記憶が、最後は一枚の絵のように同じ平面になって終わるわけですか。

鷲田 そして死ぬというのは、時間、世代などの順序がすべてチャラになることです。

山極 クロノロジーからパースペクティブ、パースペクティブからピクチャーになって、時間のオーダーが全部消える。それで死ねたら幸せじゃないですか。そう考えるなら、過

＊2　クリストファー・ボーム…南カリフォルニア大学人類学・生物科学教授（一九三一年〜）、ジェーン・グドール研究センター長。

去から現在までが一連の流れの中でつながっている、京都のような歴史的都市も一枚のピクチャーだということになりませんか。

鷲田　まさに！　京都の街は一枚のピクチャー。ということは京都は呆《ぼ》けの街だったのか。それにしても街が一枚の絵だというのは、なんとも豪奢《ごうしゃ》な話じゃないですか。

山極　しかもその絵をひもといていくと、実にきめの細かな襞があり、その中には連綿とした時間的な経過が畳み込まれている。

鷲田　要するに、我々も京都のように熟成した老いをたぐり寄せないとだめということですね。

第三章　家と家族の進化を考える

樹上から地上へ、最初の家づくり

山極　「家」とは何か、家族と家について考えてみましょう。そもそも人間が、家をつくり始めたのは、いつごろだったのか。それにはどんなキッカケがあったのか。家には興味深い歴史があります。

鷲田　確かゴリラも木の上にベッドをつくるそうですね。

山極　そうです。人間以外のサルや類人猿には奇妙な住居の歴史があります。最も原始的なサルたちは夜行性で、木の洞に安全な寝場所をつくり、ここで子どもたちを育てます。進化した昼行性のサルたちはこうした巣をつくらずに、広い範囲を動きまわりながら、毎晩違った木の上で寝ます。木の上から地上に下りると、行動範囲が広まったので、子どもを自分の体に抱きつかせて動きまわり、夜は群れで木の上で寝るようになったのです。だから尻ダコがあります。

鷲田　尻ダコとはなんですか。

山極　木の上で安定して寝るために尻に発達する硬い皮膚の部分です。やがてもっと体が大きな類人猿が登場すると、タコだけでは安定しないのでベッドをつくるようになりました。毎晩鳥の巣のようなベッドをつくり、違った場所で眠るのです。

鷲田　毎晩寝場所を替えるとは、なんと遊牧的な。

山極　人間に近縁なオランウータンやチンパンジーなどの類人猿は、大きな体を支えるため、樹上に一人用のベッドをつくって眠ります。さらに体が大きなゴリラは、地上に下りてベッドをつくって眠るようになりました。

鷲田　少しずつ家の起源に近づいてきたようですね。

山極　ところが人間はベッドをつくる習性を失ってしまったのです。古い人類の遺跡からベッドは見つかっていませんから。熱帯雨林を出て草原へ進出した人類の祖先は、危険な肉食獣を避けるため、洞穴や崖などで寝たと考えられます。そこではベッドの材料を得ることができない。しかも単独でベッドで寝るより家族や仲間と寄り合って寝たほうが安全です。そこで家をつくり始めたのです。そして、家族や共同体が単位の住居へとつながっていった。

鷲田　それはいつごろですか？

山極　一万二〇〇〇年前、農耕や牧畜が起こる前は、移動しながら暮らす狩猟採集生活だったわけですから、きちんとした家をつくるようになったのはそれ以降のことでしょう。

鷲田　人間が最初につくった家は、どんなものだったのでしょう。

山極　竪穴式住居もそうですが、屋根と壁があることが、人間にとっての家の条件なんです。私はアフリカの熱帯雨林で狩猟採集生活を営むピグミーと呼ばれる人たちと一緒にゴリラの調査をしたことがあります。森の中を移動する彼らは、家財道具もわずかしかなく、ほんの三〇分ぐらいで家をつくります。細い枝を切って折り曲げ、円錐状の骨組みをつくり、それにクズウコンの葉をかぶせるだけ。これが家のプロトタイプでしょう。

鷲田　木の枝を使って骨組みをつくるのはわかるとしても、壁はどうするのですか。

山極　骨組みにつるを巻きつけて、そこに葉っぱを張っていくんです。これで外から見えなくなる。中で行われる秘めごとを見せないこと、これが壁の機能です。せいぜい数人が入れる大きさで、十分に雨もしのげ、安眠できます。

鷲田　質問ですが、原始時代は乱婚だったはずでは？

山極　確かにルイス・ヘンリー・モーガン*1が『古代社会』（岩波文庫）で書いていますね。人間は乱婚状態から始まり、インセストタブー（近親相姦の禁忌）を設けることで家族を形成するようになったと。あれは間違いですよ。インセストの回避（アボイダンス）は動物にもありますから。ただ、動物と人間の違いは、性行為を公の場で行うかどうか。動物は性行為をオープンにします。

鷲田　けれども小さな家だと、一緒に暮らせる人数が限られる。それで一夫多妻制が成立したのでしょうか。

山極　もちろんです。一夫多妻だからといって、一つの家に複数の女性がいたわけではありません。妻は子どもと一緒にいて、そこに夫が通うのです。

鷲田　そういえば、何人もの妻を長屋の隣同士に住まわせて、うまくやってた大坂商人の話を聞いたことがあります。

山極　それが人間の知恵なんです。要するに目で見えていなければ、音は聞こえてもいい。目に見えるものだけが真実だから、声が聞こえてきても、それはなかったことにできる。つまり、僕が言いたいのは、本来、人間の住居は家族や共同体の信頼関係を反映する場所だということです。だから、人間の住居には雨をしのぐ屋根だけでなく、外からの視線を遮る壁があるわけです。それは、住居の中と外をはっきり区別する境界の役割を果たして

＊1　ルイス・ヘンリー・モーガン…アメリカの文化人類学者（一八一八～八一年）。人類の発達史における原始共産性の存在、血縁集団から地縁集団への移行、原始乱婚制から一夫一婦制への進化等を解明。

いる。そして、住居と住居の配置は家族間や集団間の社会関係、すなわち共同体の構造を反映していたと考えられます。台所、居間、寝室や隠居部屋などの配置は、もともと家の中の人間関係を反映していました。さらに、その家の住人だけでなく、隣人とのコミュニケーションも考慮してつくられていた。だからこそ、家の構造は隣人に知られやすい場所と、隠されるべき場所に区別でき、それが共同体の間で共有されていたのです。

鷲田　家のつくりの問題は、歴史的に捉える必要もありそうですね。確かに昔の武士の家や地主の屋敷などでは、人間関係のあり方が家の構造に反映されていた。他方で圧倒的多数の庶民が暮らしていたのは、一間限りの長屋でしょう。大坂などは借家がほとんどで、何かあったらすぐに家財道具一式を大八車に積んで引っ越ししてしまう。階級によって家の仕組みは違ったはずです。日本の家のつくりにはそんな歴史的背景があった。ところが戦後、核家族のための画一的な集合住宅がつくられて、家が一変しました。

山極　今の住居はそうした人間関係を一切考慮していません。いくつかの住居のモデルがあって、自分たちの生活設計に従ってその中から選ぶことになっている。家が変わり家族が変わったのか、家族のあり様が変わったから家が変わったのか。

鷲田　ところで、山極さんが言っている家とは、英語ではどの言葉になるんだろう。

familyではないですね。

山極　houseです。familyは家族を意味する言葉で、houseつまり家の概念とは異なります。

鷲田　確かに日本語では「家」「家族」「家庭」を区別するけれど、英語だと家庭はhomeで、家族がfamily、ただしfamilyには「〜家」という意味もありますね。たとえばKennedy family（ケネディ家）のような。

山極　家といえば、中国や韓国は厳格な父系社会で、妻は夫の姓を名乗れず、墓さえも夫とは別にすると聞いたことがあります。

鷲田　歴史を振り返れば、日本でも明治九（一八七六）年の法律（太政官指令）で、妻は実家の姓を名乗らなければならないとされました。夫婦同姓が法律化されたのは、明治三一（一八九八）年ですよ。明治以前は、庶民はそもそも姓を登録することもなかったわけですから。

山極　生物学的な血縁関係をあまり重視しないことも日本の特徴かもしれません。日本国憲法が制定されて家族法（民法の親族法・相続法の総称）が改正されるまで、日本は古くから養子が盛んに行われていましたが、養子をとって、その嫁を外から入れてしまえば、そこで血縁関係は途絶えてしまいます。

鷲田　確かに江戸時代の商家では、番頭さんや丁稚を養子に入れることがよくありましたね。

山極　自分に息子がいる場合でも、商才がないと判断すれば、家は養子に継がせたりします。こうした事例は芸人の世界でも多かったのではないでしょうか。生物学的には、血縁がなくなってしまうわけだけれど、それでもいいと考えていたのでしょう。

核家族のための新しい住まい

鷲田　現在の家のルーツを探ると、東京大学で建築を教えていた吉武泰水《やすみ》教授（一九一六～二〇〇三年）が、日本で初めて2DKの住宅をつくった。これが集合住宅のモデルです。夫婦の寝室、子どもの部屋とダイニングキッチンがセットになっている。都会に出てきた人たちが核家族をつくってこうした家に住み、家は不動産から動産、つまり市場に出回る財産になった。そうなると売りやすい家が好まれ、家はさらに標準化し画一化していく。そんななかで建築家の山本理顕《りけん》さんがおもしろい集合住宅をつくりました。中央に通路を配し、これに面して、ブラインドを開ければ中が丸見えになるドア付きの部屋が並ぶ。通路は縁側みたいなもの。そして四人家族なら四つのユニットがあるわけです。

山極　それぞれが独立しているわけですね。食事はどこでするんです？

鷲田　各個室の奥にリビングやダイニングキッチンがある。個人主義を徹底して、家族は一緒にいたいときだけそこにいればいい。

山極　それとは正反対の発想で「住育」に取り組んでいる宇津崎せつ子さんという女性が京都にいます。彼女は建築家だったご主人を亡くしてから、女性にとって家事や子育て、介護をしやすい家を考えた。その家には廊下がありません。外へ出ていくには、子どもの部屋を必ず通らなければならず、子どもも家の中で食事したり風呂に入るためには、必ず親の前を通らなくてはならない。

鷲田　かつての日本家屋に近いですね。廊下はあるけれど襖《ふすま》一枚で隔てられているだけだから、家族の息遣いをいつも感じることができた。

山極　戦後、みんながマイホーム願望をもったじゃないですか。あのころのマイホームは、とりあえず核家族が住めるユニットとしての住まいでした。その後、各自がプライバシーを求めるようになった。

鷲田　ところが今は、シェアハウスのように他人同士がある種の擬似家族を形成したりもする。一人きりになれる空間と、他人の息遣いを感じられる空間、この両極が求められているように思いますね。

山極 ただ、家の外での隣人との付き合いはどんどん薄れている。かつて住居は個人のものでありながら、隣人たちとの共有空間でもあったことを考えると、今はまったくの様変わりです。マンションなどでは表札も出していない家がありますから。そもそも集合住宅は、人間関係など無視して入居してくるわけです。

鷲田 ドアの外に出たら、隣の人も上下の階に住む人も、みんなただの他人で、自分とは何の関係もなくなる。

山極 集合住宅のマイホームというのは、隣人関係を排除することによって成り立つわけです。集合住宅に入って、新たな人間関係を結ぶのが面倒なら、最初からゼロのままにしておけばいい。そんな感覚が広まったのではないでしょうか。その結果、不安も増殖している。隣に誰が住んでいるかわからないということは、いきなり襲われる可能性もあることを意味しますから。

鷲田 大阪大学の副学長、総長時代は、公務員宿舎に単身赴任していました。一〇年近く暮らしたけれど、近所の人と話すのはゴミ出しのときぐらいで、それ以外の付き合いは一切ない。京都のように濃密な近所付き合いの中で暮らしていたことを思えば、気楽で心地よかったですがね。何しろ京都にいると、ちょっと電車に乗るまでの間だけでも、いろいろな人と出会って、そのたび「今日はどちらへ？」などと尋ねられますから。

山極　少しいつもと違う格好をしているだけで「今日はおめかしですね。何かあるのですか」と聞かれたり。

鷲田　「おはようお帰り」とあいさつされたり、かなり面倒くさい（笑）。そういう意味では阪大時代の官舎は気楽でよかった。

命の世話を一緒に行う

山極　僕は類人猿の社会から家族がどうつくられるかを追ってきました。これを逆に現代社会から遡《さかのぼ》って考えてみたい。マイホーム願望とか核家族とかは、近代工業社会の中で生まれたものですが、これは人間のどういう欲求を反映しているのか。繁殖と育児を独占したいという願望なのかもしれない。

鷲田　核家族が社会の最小ユニットになり、そのためのマンションや集合住宅が生まれた。家がそのように変化することで、何が失われたのか。たとえば共同保育や共同のまかないが消えましたね。

山極　育児と食事は、人間にとって重要な行為ですからね。

鷲田　人類学では相互治療というけれど、半世紀くらい前までは、たいていの病気はお互いに煎じ薬を融通したり、指圧をし合ったりすることで治しました。社会生活以前に、それぞれ生き物として互いに世話をしないと生きていけないわけでしょう。そういう「命の世話」を、核家族化する前は当たり前のように共同でやっていました。

山極　そういえば子どものころ、家に帰って母親がいなかったら、近所の家でご飯を食べさせてもらった記憶があります。

鷲田　うちのおばあちゃんなんか九五歳で動けなくなるまで、一度も病院に行ったことがなかった。出産、保育、介護、看取りに葬式などは、すべて自宅でやっていました。近所の人が助けてくれたからできたのです。

山極　そもそも人間の子どもは共同保育されるように生まれついています。これが他の霊長類との決定的な違いで、しかも人間の赤ちゃんだけがよく泣く。ゴリラに限らずチンパンジーもサルも赤ちゃんは泣きません。

鷲田　そういえば、犬の子どもも泣かないな。どうして人の赤ちゃんだけが泣くんです？

山極　母親が赤ん坊を離すからですよ。ゴリラもチンパンジーも生まれてから一年間は、赤ん坊を胸に抱いて離さない。ところが人間の赤ちゃんは重いので、母親が抱え続けることができない。赤ん坊はひ弱なので、自分の不具合を訴えるために泣く。人間の赤ん坊だけが、ひ弱なのに母親が抱き続けられないほど重い理由は、脳が急速に成長するためです。人間の赤ん坊は、体脂肪率がとても高いのです。

鷲田　体脂肪と脳はどのように関係しているのですか。

山極　脳を成長させるために脂肪が必要なのです。ゴリラも人間も生まれるときの脳の大きさは、約二五〇〜三五〇ccぐらいです。その後、ゴリラの脳は四歳ぐらいで倍になって発育が止まります。これに対して人間の脳は生後一年で二倍になり、五歳でようやく大人の九〇パーセントの大きさになり、一二〜一六歳ぐらいまで成長し続けます。だから人間の脳は、ゴリラの四倍近くまで大きくなる。その分、成長に時間がかかり、エネルギーがたくさん必要なのです。だから、脂肪にたっぷり包まれて生まれてきます。人間の赤ん坊の体脂肪率は一五〜二五パーセント、ゴリラの赤ちゃんは五パーセント以下ですよ。

鷲田　ゴリラはネオテニー、いわゆる幼形成熟ではないのですか。

山極　ネオテニーとは胎児や幼児の特徴を残したまま成長することですから、ゴリラは違いますね。ゴリラはあっという間に発達して、すぐに木にぶら下がれるようになります。成長するにつれて、頭が扁平《へんぺい》になって顎が突き出し、犬歯が長くなって、手が足よりも長くなります。ところが、人間だけは丸い顔をして、顎も小さいまま成長しますね。人間の赤ん坊は、エネルギーを脳が使うからひ弱なんです。だからすぐに泣くし、泣けばまわりにいる大人がかまってやるから自然に共同保育になります。さらに前にも言いましたが、成長過程では隣近所の大人同士の話を聞きながら、子どもは道徳も身につけていく。こういうことをしたら罰が当たるとか、これは笑われるようなことだとか。

鷲田　共同体というかコミュニティが形成されていて、みんなが知り合いであることは安全装置にもなった。徘徊《はいかい》するお年寄りがいても、子どもがどこかで何か悪さをしても誰かが見ている。閉ざされたマンションでは中が見えません。

山極　みんなの目が子どもに向いていたんです。そうした目が住宅事情の変化によってなくなってしまった。そこで今、代替機能として相互扶助を提供しているのが宗教団体でしょう。裏を返せば、普通の生活ではもはや相互扶助が得られなくなっているわけです。

鷲田　昔は日々のまかないはもちろん、出産から看取りまでを共同でやっていた。そうした絆がないと、生きていけなかったわけです。人と人の強いつながりは、それをやらないと死んでしまうという営みを、助け合って共同でやることからしか生まれません。

山極　狩猟採集社会の時代には、父親が子どもと接する時間が長かったはずです。狩猟をする時間は基本的にそんなに長くなくて、後は暇ですからね。これが農耕社会になると、長時間働かなければならず、さらに工業社会になると父親は家族から離れて働きにいかなければならない。子どもとの接触時間は短くなりますね。

鷲田　千里ニュータウンで暮らしてみてわかったのは、働いている人が見えない町だということです。働くというのは、どこかに出かけていってやること。ここは職住分離の典型的な町なんだとわかりました。千里は労働がない町、言い換えれば消費だけで成り立っている町なんです。職住一致の時代なら、畑仕事も、子育ても、晩ご飯の準備もみんな労働で、だからそれを一緒にやっていた。嫌でもやらないと、そこでは生きていけない。それに参画しなかったら村八分になる。村八分の本来の意味をご存じですか。

山極　仲間はずれにすること以外に何かあるのですか?

鷲田　もともと八分というのは十分から二つ引くことを意味します。村で共同でやることは全部で一〇あるけれど、そのうちの二つ以外は一緒にやらない。これが村八分の意味です。その二つとは火事の消火と埋葬で、これだけは手伝ってやる。火事をほうっておくと延焼するし、きちんと埋葬しないと感染症が流行《はや》る恐れがあるからです。

山極　ということは、今はみんなが何も助け合わずに、お互いに村十分にし合って、暮らしているというわけですか。

鷲田　その一方で趣味の集まりみたいなものは、せっせとやっている。大切なのは命の世話を一緒にやることであって、そうではない、やってもやらなくてもよいことをいくら一緒にやっても、本当の人のつながりは育たないように思います。

山極　私が育ったのは東京郊外の、いわゆる新興住宅街です。かつては駅前に商店街があり、そこから御用聞きの人が、毎日うちに来ていました。そのついでに立ち話をしていく。こうして世間の様子を聞いていたわけです。

鷲田　ときには隣の人とも立ち話をしたりとか。

山極　家が壊れたら左官屋さんが来てくれたし、畳を替えるとなると畳屋さんが来る。そんな人たちが出入りすることで、人の交流がありました。それがいつの間にか御用聞きが来なくなり、買い物も食材をスーパーマーケットで買うようになると、人の出入りがどんどん失われていく。ある意味、仕方のないことなのかもしれませんが。

明治維新以降、プロ化を突き進めた日本

鷲田　そうした背景には歴史の必然があるわけです。明治以降の日本は、富国強兵を旗印に近代化を進める過程で、プロフェッショナルの養成に努めました。病気の治療は医師に、教育は教師に任せ、火事は消防、防犯は警察といった案配です。食事も自分たちで一から用意するのではなく、食品会社やスーパーに任せたほうが効率的です。結果的に生まれてから死ぬまでをすべてプロに任せることで、一気に社会生活のクオリティが上がり、世界一教育レベルが高くて安全な社会ができた。おそらくは同じことをヨーロッパでもやれたはずなのに、国のシステムとしてはあえてやらなかった。

山極　彼らにとっては人工的な国家システムよりも、互いに助け合う民族意識のほうが圧倒的に強いですからね。

鷲田　生き延びるために、国にすべてを委ねてはやばいと直感的に悟っていたのでしょう。医療も、教育も、介護も基本的には教区でやります。ヨーロッパの人たちが体験的に理解していたのは、国境はいつでも変わることがあるということ。隣国が侵略してくると、簡単に国が変わってしまう。だから国家にすべてを委ねない。これに対して侵略された歴史のない日本は、国が税金で全部引き受けるシステムをつくりました。命にかかわる世話は

すべて国が資格制度にしたのです。

山極　医師も看護師も国家試験に合格しないと免許をもらえない。公務員も試験に受からなければなれない。

鷲田　看取り、つまり人が死んだときでさえも、お医者さんの死亡診断書が必要です。勝手に看取ったりしては罪を問われかねません。プロがすべてを引き受ける一方で、ヨーロッパの教区に相当する中間集団、地域社会がなくなった。ヨーロッパでは中間組織が今も分厚く残っています。

山極　一時期、日本では会社が、ある種の中間社会として機能していたように思います。

鷲田　ところが、会社にはもはやそうした機能を引き受ける余裕はなく、さらに悪いことに国のサービスも財政的にもたなくなっている。今若い人たちが過疎地に移住して、ゆるい村生活を送り始めているのは、本能的に危機感を覚えているからでしょう。そうしたネットワークをつくっておかないと、この先生きていけないのではないかといった不安が拭えないのでしょう。

山極　ただ、都会で暮らしてきた人たちが田舎に行くと、ちょっとした問題を起こします。彼らはパブリックな空間の面倒は、誰かが見てくれると思っているから、自分の家の前の道すら掃除しません。

鷲田　誰も家の前の掃除などしないのに、町が美しく保たれているのはなぜか。日本では誰かがそうした仕事を請け負っているのです。京都御所の砂利道なんか雑草一本、生えていません。こうした見えない労働は税金でまかなわれている。そのことを意識すべきですね。

山極　アジアでエコツーリズムをやっている知人から聞いた話ですが、ある国では、公園で現地の子どもたちが食べ物をあたりかまわず捨てるそうです。そんなことをしたらダメじゃないかと知人が注意すると、子どもが「僕らがゴミを捨てなかったら、清掃員の仕事がなくなるでしょう」と言ったそうです。

鷲田　子どもがですか。すさまじい話ですね。

山極　蒔《ま》いた種は自分で始末する、そんな日本の昔からの道徳意識からすると、ちょっと理解できないですけれどね。むしろゴミを散らかすのは、「我々特権階級の役目だ」みたいな意識があるのでしょう。

「許せない子ども」を生んだ資本主義

鷲田　山極さんがおっしゃる「日本の道徳意識」は、もはや楽観的すぎるかもしれませんよ。最近、絶対に許せない子どもが目につきますから。

山極　絶対に許せない！　温和な鷲田さんが、そこまで言うのは、よほどのことなんでしょうね。

鷲田　鮨屋に行くとトロとかヒラメばかり頼んでいる子どもがいる。僕らは子どものころ、鮨と言ったらのり巻きかいなり寿司くらいしか食べさせてもらえなかった。決してその恨みで言っているわけじゃありませんよ（笑）。要するに、子どもが自分の味覚を満たすために、家族以外の大人を働かせている。このことに強い違和感を覚えるんです。あるいは、京都に修学旅行に来る中学生もそうです。少人数のグループに分かれて、タクシーに乗って寺社旧跡を巡る。貸切バスを使うより安くつくそうですが、ここでも子どもが大人の業務を金で買っている。ひどい話があって、修学旅行生は名所をさっと回ったら、繁華街に買い物に向かいます。その間、運転手さんを近くの路上で待たせるのです。対価を支払っているからよい、では済まされない問題があると思いませんか。

山極　子どもが消費主体になっているんですね。昔なら購買行為の主体は親で、欲しいものは親に頼んで買ってもらうしかなかった。

鷲田 高校生でバイクを買いたいなんて言おうものなら「稼ぎもないくせに一〇〇年早いわ」って怒鳴られた。ちょっとした買い物でも親の許可が要った。劇作家の平田オリザさんは一九六二年生まれですが、文房具一つ買うのでも「お願い」を原稿用紙に書かされたと言っていた。ところが今は小遣いやアルバイトで稼いだお金で普通に買い物しますから。

山極 人からどう見られているのかを意識しない人が増えていることと関係がありそうです。

鷲田 消費主体としての子どもにすれば、自分のお金だから何に使おうと勝手、誰にも迷惑をかけてませんよとなる。お金さえ出せばなんでも買える、そんな全能感を子どもが持つのは、非常に危うい傾向です。だから、お金がなくなってしまうと、一転して極端な無力感に陥ってしまう。ちょっと人に頼めばなんでもないことかもしれないのに。

山極 お金以外で人が動いてくれる。それが人と人とのむすびつきの力ですね。

鷲田 知恵って、誰に頼んだらうまくやってくれるかをわかっていることでしょう。

山極 親に怒られたときには、うまくとりなしてくれる人を探すとか。そうやって捨てる神あれば拾う神ありなんだなということを覚えながら、それでもやってはいけないことをしっかり理解していく。

鷲田　繰り返しますが、そこで今、都会生活の中で、昔の絆を取り戻すための重要な行事が祭りだと思います。祭りには年齢に応じて、任される役割があります。ハレの日のフィクションだから、大人から少々きつく怒られても、子どもも平気でいられる。そうしたやり取り、一種のロールプレイングを通じて、子どもは年相応の振る舞いを学んでいくわけです。

山極　しかも祭りはデジタルじゃなくてアナログなんですよ。祇園祭なんか、終わったと思ったらお神楽の稽古を始めて、一年かけて気分を高め、山鉾を建てて本番に臨む。アナログなプロセスにこそ楽しみがあり、その中で協力関係が育まれる。主婦の方は大変だったろうけれど、なんかあるとみんなで炊き出ししてみたいな。

鷲田　そうした行事に参加しなかったら、それこそ村八分にされる。祭りという行為は、人が生きていくために最も必要とされる根本的なフィクションではないでしょうか。

山極　時間をかけてみんなでつくり上げていくから、かけた時間の分だけ信頼関係が培われていく。そのおかげで困ったときにちょっとお願いごとをしたり、無心に行ったりできるようになる。それがなくなったんですね。

鷲田　人間は、ファミリーによる共同体をつくった。その中で祭りというフィクショナルな仕掛けは、集団の結束と子育てに欠かせない装置として機能していたのです。以前、山極さんから聞いたのですが、ゴリラは兄弟でフィクションとしての遊びにふけるそうですね。強いものが強いように振る舞うのではなくて、わざと弱いふりをするんだと。

山極　抑制したり、ハンディキャップをつけたりしますね。

鷲田　ハンディキャップもフィクションでしょう。人間も「ホモ・ルーデンス（遊ぶ人）」というように、フィクションの世界で遊ぶことができる。子育てにもフィクションが必要だと思いますね。

人間がつくった最古のフィクション「家族」

山極　僕は、家族もフィクションだと思います。それこそ人間がつくった最古のフィクションではないでしょうか。雌雄関係は互いの欲求にもとづいたもので、そこにフィクションは入り込まない。けれども父親はフィクショナルな存在です。

鷲田　父子関係自体がフィクションとは。それは大胆な意見だな。

山極　母子は、出産という直接体験を通じてつながっています。ところが、父親は母親から「これはあなたの子どもです」と手渡されてはじめて、父親になる。一生を通じての保護者の役割を与えられる。

鷲田　父という役割が集団の中で誕生し、そのフィクション性が共同体を結ぶ力になったということですか。

山極　動物は授乳が終われば、母親と子どもの関係も切れる。けれども人では持続します。親と子どもという役割は一生続くでしょう。介護するのも人間だけだし。これはフィクションだからこそですよ。

鷲田　文化人類学にはルートメタファーと呼ぶ概念があります。根本的なメタファー（隠喩）として、いちばん象徴的なのが家族ですね。だから人が集団で行動するときには、必ずお父さん役とかお母さん役を設定する。これは男子校、女子校に限らず、任侠道の世界でも同じです。

山極　人間の子どもは幼いころからおままごと遊びをしますね。これは人間にしかできない遊びです。

鷲田　いわゆるロールプレイングだけれど、これは互換性のあることが重要で、今日は父親役でも、別のところでは子ども役をやるという。

山極　動物にはアロマザリングと呼ばれる行動があります。子どものメスが赤ちゃんを抱いて、お母さんごっこをする。母親以外のメスが、母親役をすることです。これに対してオスが母親ごっこをすることはめったにありません。男の子も入って家族関係を模したロールプレイ、おままごとを子どものころからするのは人間だけです。

性を隠して、食を公開した人間

鷲田　家族がフィクションだという視点からは他にもいろいろなことが見えてきますね。

山極　子どもは成長し、家族も連続性を保ちながら変化していく。自然と人間は未来を志向するようになり、その結果人間的な社会をつくるようになった。ここで家の話に戻ると、だから壁が必要だったのです。性を隠して守るために。

鷲田　性を隠す根本的な意味はなんなのでしょう？

山極　おそらくは父親を特定するためです。子どもの養育者として、特定の男をつくらなければならなかった。子育てにかかわり、子どもの食料の面倒をみる男性です。その男性は生物学的な父親でなくてもいいのです。

鷲田　自分は両親の子どもだと思っているけれど、それには何の保証もない。たまたま辻《つじ》褄《つま》が合っているから、そう思い込んでいるだけで、結局はどういう物語をつくるかに行き着く。「出自」の語りは個人のアイデンティティを形づくる不可欠の要素で、ここでひどいダメージを受ければ人格すら崩れかねない。

山極　サルは生みの親ではなく、育ての親を親として認識します。育ての親との間でインセストの回避が起こり、子どもは大きくなっても、異性の親に対しては性的衝動を覚えなくなります。人間は育ての親という関係性を徹底できないから、インセストタブーを制度化しなければならなかった。

鷲田　アボイダンスとタブーはまったく別ものですか。

山極　アボイダンスは生理的に避けるわけです。ところがタブーは禁止、つまり規則として禁じる。なぜなら生理的には起こりうるから。これはフランスの社会人類学者レヴィ＝ストロース（一九〇八～二〇〇九年）の言う「ゼロ・タイプの制度」、たとえば人前で裸になってはいけないという規則に象徴されるように、生物学的には根拠がないけれど、それを守ることで社会の安定性が保たれる制度の典型です。

鷲田　食のタブーとも重なる話ですね。たとえば我々日本人は、里の動物までは食べることができる。同じように食べられるのに絶対食べようとしないのがペット。これは明らかに人為的な決めごとです。

山極　フィクションといえば、人間の性生活がその極みでしょう。チンパンジーは生理的に発情すると、メスのお尻が腫れ上がってくる。これはオスに対する合図となるわけです。でも、人間はそんなあからさまなメッセージは出さない。そこには目に見えないルールがあり、交渉ごとがある。人間がフィクションとしての暮らしを営むようになったからこそ、起こった変化です。

鷲田　ヒトはインクの染み（本）や点滅する光（映像）を見てさらに激しく欲情する（笑）。そう考えると、文化とは「逸脱」、もしくは「倒錯」の現象だということになりそうです。

山極　祭りのときの特別なごちそうは、みんなで一緒に食べます。家族の性を閉じ込める代わりに、食は公開したんですよ。共に食べることで隣人同士のつながりを維持しようとした。動物にとっては食は隠すもので、性は公に見せるもの。それを人は逆転させた。おそらくそのときに、最初のフィクションが生まれた。人間が共同生活を営んでいくためには、フィクションが必要であり、それを維持するための装置として家がつくられた。

鷲田　〈自然〉と〈制度〉が深く交錯する場所、それが家族なんですね。

山極　家族は人間の社会に特有なものです。家族は互いに親密な関係にあり、相手に対していろいろな奉仕をします。家族は互いに見返りを求めずに、助け合おうとします。

鷲田　ところが、その家族が崩壊しそうになっている。そんな危機感が、山極さんの書かれた『「サル化」する人間社会』（集英社インターナショナル）にはにじみ出ているようでした。

山極　家のあり様が変質し、それが人間関係を規定し、個人や家族を隔離し、社会とのつながりを分断している。それが今の社会です。家族が存在感を薄めてしまい、利己主義の人が増えている。家族が失われたとき、人間の未来はどうなるのか。その家族が暮らす場所、人間の豊かな関係が見える場としての住まいを考え直す必要があると思います。

第四章　アートと言葉の起源を探る

人は表現する生き物

山極　先日、京都市立芸術大学を訪ねて、公開中の学長室を拝見しました。学生の手による明るい壁画があって、ああこんなアートにあふれた場所で、鷲田さんは仕事をしているのかとうらやましく思いました。ところで、アートがいつごろ、どのように生まれたのかを考えるとき、まず思い浮かぶのがロボットです。

鷲田　アートとロボットとは、意外な取り合わせですね。

山極　二足歩行するロボットを見ると、人間の歩行との明らかな違いに気づきますよね。人の歩く姿には主張があると思いませんか。

鷲田　どういうことでしょう。

山極　鷲田さんがよくご存じのファッションショーでは、モデルがランウエイを歩きます。

鷲田　山極さんがファッションショーを見にいっているとは思わなかったな（笑）。確かに歩くけど、それがどうかしました？

山極　人は歩くことで、何かを表現しているのです。歩く姿を見て、我々は何かを感じる。人は歩くだけでも、表現する生き物なんですよ。これがアートの起源ではないかと思えるのです。二足歩行するようになったことが決定的だったと思います。二本足で立つと踊ることができる。踊りには、相手を自分に同調させる効果があります。さらに二足歩行によって、喉頭が下がり、複雑な音声を発することができるようにもなった。これが後に言葉の発生につながります。人間の芸術性は二足歩行に起源があり、やがて体の音楽性につながるようになった。これが僕の仮説です。

鷲田　二足歩行になると、手が自由になりますね。私はこの手が大きな意味を持つと思います。人は、他人と抱き合ったり握手したりする。手のひらは本来、人にとっては内側の部分で、そこを相手に見せるのは、信頼とか安心を意味する。ゴリラはどうですか？

山極　ゴリラにとって手のひら、つまり内側は弱いところです。だから、相手には見せない。何かを触るときでも、手のひらではなく手を閉じて指の甲で触ります。類人猿は木に楽にぶら下がるために、手が完全には開かないようになっているのです。だから手を伸ばして相手に触るときでも、指は曲がったままです。人類も最初は、類人猿のように指が開かなかった可能性があります。でも、いつのころからか手を開くようになった。手のひらで相手に触ることを「手当て」と言いますね。手のぬくもりが伝わって、相手の痛みを和らげたりする。

鷲田　宗教用語で「手かざし」というのもある。そう考えると「手」がつく言葉には、肯定的な意味を持つものが多い。「手ほどき」「手習い」とか。

山極　逆に足は「足蹴にする」とか「揚げ足をとる」などと言いますね。

鷲田　足は動物と同じだけれど、手を使うことで人間は動物と違うことを始めた。手は、人間の文化を象徴しているのかもしれませんね。

山極　脳の感覚領域でも、手に関する部分が多くを占めています。二足歩行するようになり、手を使うことで他の動物との違いが明らかになった。手を使えることは、人間であることの誇りを意味したのではないでしょうか。

鷲田　手を自由に使えるようになり、人間は物をつくったり合図をするようになった。それに前にも話したように、ゲームの play の語源を調べると、clap に行き着きます。clap hands、つまり手を叩くことです。劇場ではいくらすばらしい演技をしても、観客が演者を抱きしめて称賛することはできません。だから抱きしめるつもりで clap hands、手を叩くのです。

山極　拍手が抱擁の代わりだとは知りませんでした。

鷲田　イギリスの動物学者デズモンド・モリス[*1]も言っていましたが、手は人間の文化の中で特権化されているのです。ところが今日、山極さんは、足の話から始めた。さすがに目のつけどころが違いますね。

山極　足は体を支えなければならない。だから、手ほどには自由に動きません。

鷲田　足といえば、ダンスではヨーロッパと日本の違いを感じますね。たとえばバレエだったら、いかに地面から離れるかが人間の象徴のように位置づけられている。だから、しきりにジャンプする。ところが日本では、能はすり足で動き、日本舞踊なども膝を軽く曲げる。この和洋の違いには大地との関係性が表れているように思いませんか。

山極　宗教的な違いがあるんですかね。キリスト教は「天にまします我らが父よ」と言いますね。日本の神様はいろいろなところ、地に満ちている。

芸術の起源は共感性

鷲田　起源論はなかなか難しいテーマですね。アートといえば絵ですが、その起源とされるアルタミラの洞窟壁画は、いつぐらいの話でしたか。

＊1　デズモンド・モリス…イギリスの動物行動学者（一九二八年～）。動物や人間に関する数多くの著作で知られる。

山極　後期旧石器時代ですから一万八〇〇〇年ぐらい前でしょう。

鷲田　あの壁画で不思議なのは、描いてあるのが動物ばかりであること。狩猟の対象となった動物に対して、殺す殺されるというぎりぎりの瀬戸際で感じる複合的な感情が、あのような壁画を描かせたのでしょうか。

山極　芸術の起源は共感性ではないかと思います。同じものを見ている感覚を共有する。これは人間だけの特徴です。類人猿にはこのような感覚は必要ありません。彼らは協調しなくても生きていけますから。ところが、強力な肉食獣から襲われる人間は、相手の立場で考える必要性があった。つまり自分一人なら逃げられるけれど、子どもや女性は無理かもしれない。だから、共感性を生存のために発達させたのでしょう。

鷲田　狩猟する際にもチームを組んでやりますね。

山極　それよりもおそらくは逃げるための共感性のほうが先だったと思います。最初は武器も持っていないから、人は逃げまわるしかなかった。

鷲田　それがいつのころからか、武器を手にするようになり、逆に獲物を追いかけまわすようになった。

山極　そう、チームを組んで、動物を倒すようになったのです。肉食の味を覚えたのが二六〇万年ぐらい前からで、狩猟用の槍は五〇万年前ぐらいから使われるようになりました。大型動物をチームで追い回して捕らえるようになったのはホモ・サピエンスになってから、つまり二〇万年前ぐらいからです。

鷲田 槍はあったけれど、チームは組まなかったわけですね。

山極 最初に使われた槍は、投げて獲物を突き刺すためのものではなかったとも言われています。獲物を取り押さえてから突いたのだと。何しろネアンデルタール人は、ホモ・サピエンスと違ってすごくがっしりした体をしていますから。

鷲田 チームを組んで何かするようになったのは、ホモ・サピエンスからですか。

山極 それも、チームワークを発揮して、たとえば石を投げて大型動物を崖から湖に追い落として、みんなで引き上げる。そんなことをやり始めたのは、わずか数万年前のことです。一方で目に見える形でアートを始めたのも、ホモ・サピエンスからです。最初に色を使った痕跡らしきものが見つかったのが、南アフリカにあるブロンボス洞窟で、七万五〇〇〇年ぐらい前です。石片に何か模様のようなものを描いている。記号を使ってコミュニケーションをとった最初の事例として知られています。

アートとセンサー、微分回路と積分回路

鷲田　ちょっと話が変わりますが、東日本大震災の後、若いアーティストが大挙して被災地にボランティアに出向きました。まるで居ても立ってもいられないかのようなムーブメントが起こった。その根底に何があったのか。アートの起源にかかわる何かがあったように思うのです。つまり「何もかもが根こそぎにされた土地で、最初に立ち上がるものの中にアートはあるのか」と、彼らはそんな気持ちに突き動かされたのではないでしょうか。

山極　鷲田さんも被災地に行かれましたね。

鷲田　被災地で、なんとも不思議な光景を目にしたことがあります。アーティストたちもボランティアとして、瓦礫《がれき》を運んでいましたが、彼らだけ置き方が違う。たとえば、瓦礫を詰めた袋でピラミッドをつくっていたりしてね。

山極　ちょっとした遊び心みたいなものですか。

鷲田　それを見た被災者のおばあさんが「あれまあ！」とにっこり微笑んだ。たかが瓦礫を積むだけのことだけれど、ただ積むだけではない。そこに形を与えることで、見る人の気持ちを和ませたり、力を与えたりできる。これこそはアートの力でしょう。

山極　アートは本来、そういう形で生活の中にあったと思います。音楽でも絵画でもそう

ですが、見えないものを共有する試みですね。

鷲田　その結果、生き延びるための原動力が湧き上がってくる。知らぬ間に、みんなで調子を合わせて歌い始め、深いつながりが生まれ……。

山極　生物学的に言えば、それは「共感」ですね。そもそも表現というのは、それを受け取る他者の存在を前提とするものです。アートがあることによって人間同士は、動物とはまったく異なる関係性を築けるようになった。

鷲田　おそらくアートの根源には、ある種のセンサー機能が働いているのです。アートとは何かと考えたときに思うのは、その根底に違和感があること。何か気持ち悪い、居心地が悪いといった感覚です。こうした違和感こそがアーティストをアーティストたらしめている原感覚ではないでしょうか。彼らには異変を鋭敏に感じ取るセンサーがある。センサーといえば、人間の認知には微分回路と積分回路がある。これは精神科医の中井久夫さんの理論です。微分回路とは、感覚入力のうち変動部分のみを検出し、そこに微細な「徴候」を読み取って、未来を先取りしていく思考回路のこと。一方の積分回路は、過去の経験を「索引」として参照しながら入力を整理しつつ事態に対応していく回路。前者の微分回路は、微細な変化にのみ感応するため、ノイズを拾いすぎて誤作動しやすいし、そのことで動揺も増幅しがちです。後者の積分回路は、過去のデータを参照しつつ働き出すので安定的ですが、突発的な事態には対応が遅れがちで、新奇で重要な徴候を見逃すこともある。

山極　確かに微分は接線で、積分は面積ですからね。

鷲田　これは狩猟文化と農耕文化に対比できるのではないかと思います。

山極　農耕は一人ではできませんが、狩猟は一人でもできる。だから狩猟は個人の技能がなかなか伝承されない。一方で、農耕では作業を分担します。しかも、経験がすごく重要になる。

鷲田　農耕は分業するわけですね。

山極　農耕というのは、集団としての経験がとても重要になってくる。狩猟でも経験は大切ではありますが、それはあくまで個人的な経験の積み重ねです。みんなで一緒に作業することは、ほとんどありませんから。経験は個人によって異なり、他人とは共有することができない。

鷲田　芸術的感性は、おそらく狩猟民族的で、微分回路的でもある。環境や自分たちの社会生活に対する感度の高いアーティストを見ていると、まさにそんな気がします。彼らは微細な違和感に常に敏感であろうとする。直感的な判断力に優れていて、ブリコラージュ的になんでも寄せ集めて臨機応変にものをつくり出す能力に秀でている。そうすると、学問にも二つのスタイルがあると考えられませんか。資料を読み込み、実証実験を積み重ねて仮説を立てるやり方と、山極さんのように動物の糞を見て新たな理論を打ち立てるやり方と。

仮説検証型と現場発見型

山極　仮説検証型と現場発見型ですね。我々がやっているフィールドワークは、まさに現場発見型です。ゴリラを観察していると、これまで見たことのない行動をしている。そこから新しい学問世界がパーッと開ける。僕がホモセクシュアルのゴリラを発見したのは、その典型です。

鷲田　従来のゴリラ観を根底から覆すような発見があるわけだ。

山極　だからといって、これまでの学問的蓄積を無視するわけではない。いわゆる「巨人の肩の上に乗る」、つまりすでに構築されている学問的世界観を基盤として、新しい論旨を展開しなければなりません。

鷲田　ただ、たくさんデータを集めて過去の論説を分析すると研究したような気になるし、短期的に成果を出せることもある。しかも、作業は書斎の中だけで完結する。

山極　一方でわざわざアフリカのジャングルまで行って、とんでもないものを見つけたと言っても、なかなか信用してもらえないし、学問としてもそう簡単には認めてもらえない。けれども、従来の学問のパラダイムを変えるような発見は、そういうところから生まれるのではないでしょうか。ノーベル賞級の研究者は、狩猟採集的であり現場発見型だと思います。

鷲田　時代を支配するパラダイムの中で捉えたら、取るに足らないものにしか見えない。けれども、そこに注目して視座そのものを変える。

山極　こうした捉え方はアーティストと同じかもしれません。優れた研究者たちも、日常的な世界の中に暮らしていながら、普通の人とは異なる見方で世界を捉えている。

鷲田　そこがおもろいと思うんです。普通の人からすれば「何これ」みたいなものに目を留める。

山極　いわば着眼点のオリジナリティですね。

積み重ねたものを一度チャラにする

鷲田　絵画などは学問と同じで、すでに基礎技術は確立されています。その技術を使えば、感じたものを巧みに表現できる。けれども、それだけだといずれ壁にぶつかる。だから近代の画家は、たとえば右利きの人が左手で描いたり、ピカソなんかもわざと稚拙に描いた。彼の若いころの絵を見れば、どれだけ優れた技法を持っていたかは誰もが認めるところです。けれども、器用さをあえて封印することで逆にセンサーをフルに機動させようとしたんじゃないかと思いますね。

山極　普通の人とは違うセンサーですね。

鷲田　そもそもアーティストは、普通の人より高度で洗練されたセンサーを持っています。子どものころから絵が飛び抜けてうまかったりして、天才じゃないかと言われて育つ。けれども、そこから本当にアーティストとなる人は、ある段階から自分の能力を封じ込めていく。

山極　そうか。アーティストは、少し屈折することで、自分の能力のさらに深いところから、いまだ眠っている能力を掘り起こすわけだ。

鷲田　そういう意味では学問とアートは、似たようなことをしているのかもしれません。

私なんかも若いころは、テキストをひたすら読み込む原典研究に取り組んでいました。原典については先行研究でいろんな解釈がある。そこに自分はオリジナルな解釈を見いだすんだと、意気込んでいたわけです。二〇代のころ、エトムント・フッサール*2の「間主観性」をめぐる草稿群を分析していて、一九二〇年代のある時点まで、フッサールがprimordial（原始の、第一次的な）という述語をprimordinalと誤記していたことに気づいた。この小さな小さな発見を論文の柱として書こうとしたことがありました。今から考えると、ずいぶんアホらしいことをやっていたなと。

山極　けれども、そんな経験をしたからこそ、鷲田さんは臨床哲学を掲げられるようになったのでしょう？

鷲田　三〇代半ばぐらいで狩猟民族的な学問のやり方に目覚めたのです。それ以降はファッションの世界に出ていったり、ケアの世界に入り込むなど、哲学とは違う言語に触れる経験を積むよう意識しました。その結果、臨床哲学という看板を掲げたわけです。まわりからは「学問をやめたんか」みたいに言われましたけどね。

山極　僕らの世界でもフィールドに行かないとデータをとれません。だからといって、山登りや探検の得意な人が向いているかといえば、決してそんなことはない。むしろ山なんか登ったことがない人とか、野外活動に不向きな人が、フィールドに出て、とんでもない発見をすることがある。要するに着眼点の違いなんですね。

鷲田　岡潔[*3]はその典型かもしれませんね。ふだんは農耕をし、書物を読みつつ数学の思考を研ぎ澄ましていた。そして生涯で一〇本ぐらい、数学の分野ですごい論文を書いた。

山極　学問も、その領域をちょっと超えたところに旨味があるのかもしれませんね。

鷲田　画家が自分の器用さを封印するのと同じじゃないのかな。学問でも自分がディシプリン（学科の基礎修練）の中で積み重ねてきたものを、一度チャラにするような視点を持つことが大切なんです。

山極　回り道をしているようで、普通ならもったいないと思うところです。せっかく蓄積したものがあるのに、それを役立てずに違う方向に行ってしまうなんて。けれども、あえてそうやって見る先に、まったく違う世界が開けてくる。

＊2　エトムント・フッサール…ドイツの哲学者（一八五九〜一九三八年）。現象学を創始し、「厳密な学としての哲学」を構築。ハイデガーやサルトルなどに影響を与えた。

＊3　岡潔…数学者（一九〇一〜七八年）。多くの随筆を書いた。

鷲田　湯川秀樹[*4]さんが中間子理論を考えるのと並行して、『荘子』を読んでいたのも、きっと同じですね。

アートの語源はラテン語の「アルス」

山極　ここでアートの定義を考えてみたいのですが、鷲田さんは、東日本大震災の後、被災地に行って、若いアーティストたちの行いに目を見開かされたわけですよね。アートは、美術館やコンサートホールの中にあるものだけではないと。

鷲田　アートはもともとは「ars（アルス）」、技ですからね。

山極　アルスはどういう意味ですか。

鷲田　arsはラテン語で、ギリシャ語の「τεχνη（テクネー）」を翻訳したもの。テクネーとはテクニック、つまり職人技みたいなものを貫く知です。これはテクノロジーとは違います。テクノロジーはメソッドさえきっちり学べば、必ず同じ成果を出せる。けれどもテクニックとなると、職人の秘技のようなものがあって、真似しても同じものはつくれない。アートっぽいですよね。

山極　かつて日本の芸術がフランスに伝えられたときには、工芸として紹介されたそうです。日本では芸術が生活の中に溶け込んで工芸になっていた。

鷲田　工芸として日常生活の中で役立っていて、そのように使われるものとして伝承されていた。もっとも西洋でも近代以前は、似たようなものです。アーティストとサイエンティストという言葉が、一般名詞になったのは一九世紀のことです。

山極　サイエンスもアートも、もとをたどれば似たような領域があったということかもしれません。

鷲田　アルスは生きるための技術でもある。だから、震災で何もかも失って、そこからもう一度生活を立ち上げるときには、アルスすなわちアートが必要だった。このことに若いアーティストたちが本能的に気づいたのでしょう。その意味ではリベラルアーツも同じですね。

山極　生きていくための教養という意味ですか。

鷲田　人が因習から自らを解き放って、社会や宇宙の真理を知るための技ですから。

山極　文部科学省の高大接続システム改革会議（高校と大学が一体となった教育改革）に出て

＊4　湯川秀樹…理論物理学者（一九〇七〜八一年）。日本人初のノーベル賞受賞者。

いてびっくりしたことがあります。高校教育の中で「生きる力」を学ぶって出てきたんです。わざわざカッコに入れて「生きる力」などと強調する理由は、生きる力が弱っているからでしょう。それを高校生に教えなければならないというのは、アルスというかアートの力が弱っているからではないでしょうか。

生きる力としてのアート

鷲田　だから生きる力をつけるために、コミュニケーション力をつけようみたいな話になりがちなんですが、そこでアーティストならブリコラージュする。つまり、あり合わせのものを使って自分で道具までつくり、なんとかするわけです。

山極　言い換えれば、自分の生活を、自分の感性と力で築き上げていく能力ですね。今のようにすべてが既製品で、人から与えられたものだけで暮らしていたら、生きている実感なんてなくなって当然です。自分では何もつくらず、選ぶだけなんだから。

鷲田　これからは生きる力としてのアートが必要ではないかと思います。あらゆる社会的活動の中で、アートだけが目標を設定しません。それ以外の活動は、すべてマーケットや企業の論理が入り込んでいて、必ず目標が設定される。受験勉強も、大学運営も目標ありきじゃないですか。

山極　確かにそうですね。

鷲田　ところがアートはおもしろいからやる。最初からどんな絵を描くのかがわかっているる画家はいない。何かおもしろいものを描きたいと、ああでもない、こうでもないとやっているうちに「いける！」となったときに、最初に考えもしなかったような作品ができる。それが生きる力の根源みたいなものでしょう。アート以外のアクティビティでは、目標が壊れたら、そこで終わりなんですよ。震災はそのことを教えてくれた。

山極　アートは目標がないのがよいわけですね。

鷲田　作曲家にしても、何かメロディーをつくりたいとは思っているけれど、どんな曲になるのかはわかっていない。試行錯誤しているうちに「いける！」と感じる瞬間があって、思いもしなかったような作品ができあがる。逆に予定調和的な作品だと、どれだけ完成度が高くても、作品としては認めない。目標設定して、やるべきことを決めて、どこまで達成したかを考えるのが悪いわけではないけれど、目標が壊れたら、そこで終わりになってしまう。けれども、アーティストは、そこから逞《たくま》しく生きていける。

山極　なぜ目標を定めるのかといえば、未来を見たいからでしょう。心地よい住まいを手に入れるために借金をして、二〇年以上かけて返していく。そういう生活設計では、もうダメなんです。かつてなら二〇〇〇万円借金して手に入れたマンションが、いずれは二〇〇〇万以上で売れたわけです。けれども、そんな経済成長の時代はすでに終わっている。それなのに、いまだにそういう目標設定を惰性でやっている。

鷲田　アーティストはローンなんか組みませんよ。だからといって、自分の金だけでちまちま暮らしているのかといえば、決してそんなことはない。そこが彼らのすごいところです。貧乏だけれども、なんか余裕がある。

山極　宵越しの金は持たねぇ、みたいな。

鷲田　ブリコラージュするからなんです。金はかけずに、必要なものは自分でつくる。だから貧乏くさく見えない。本当は貧乏なのかもしれないけれど、そうは見せない。

山極　実際には安アパートに住んでいるのに、自由でおおらかで豊かに暮らしている。すごい酒を飲んでいたりして。

鷲田　時間にも拘束されないし、飯なんかも自分でつくってしまう。芸大の卒業生って、アーティストとしてはなかなか食えないから、食堂をやっている人がたくさんいます。料理そのものがアートの感覚に近いのでしょうね。身の丈に合わないローンはリスクが最も大きい。けれどもローンを組まないからといって、倹約ばかりしてちまちま生きるわけでもない。そんな生き方をアーティストはわかっている。

山極　安定志向でいえば公務員、出世のコースも決まっているし、定年も動かない。退職金がいくら出るかもあらかじめ計算できる。アーティストは、そういう計算からは距離のある生活設計をします。作品が売れたとしても、お金が入ってくるのは、死後だったりとか……。

言葉が生まれたとき

鷲田　アートと言葉について考えてみましょう。

山極　僕は言葉の前にアートがあったと思います。アートはダイレクトに視覚へ訴える。これに対して言葉は聴覚を使って視覚へ訴える。もともとは視覚だけでモノに代替させて伝えていたものを、最もポータブルな形に置き換えたのが言葉ではないか。言葉こそは究極の軽さで持ち歩けるものだと思います。言葉が生まれたのは、自分の経験を他人に伝えたり、自分の知らないことを誰かから教わったりする必要が出てきたときでしょう。

鷲田　言葉の起源についてはよくわからない。ただ、言葉よりアートが先というのはうなずけます。おそらく最初に生まれたのは歌ではなかったか。求愛行動とか、祈りとか呪いの歌です。描写言語ができたのは、ずっと後でしょう。たとえば「木」という名詞を考えてみても、この名詞と実際の「木」は似ても似つかないものです。

山極　おっしゃるとおりです。

鷲田　しかも英語はtree（ツリー）、ドイツ語でBaum（バウム）、フランス語ならbois（ブワ）。全部同じ「木」を表す言葉なのに、まったく違う。音韻構造が異なるからですが、世界には数千の言語があり「木」を表す言葉も同じだけある。

山極　不思議ですね。

鷲田　以前、オノマトペ論をまとめたことがあります。オノマトペというのは、言語の中で、それが意味するものにいちばん近い表現です。たとえば岩がゴロゴロ落ちて、小さな木片だったらコロコロ転がるみたいな。日本語はオノマトペが多いんですよ。このオノマトペが、もしかすると言葉の起源じゃないか。そんなふうに考えてみたい誘惑に駆られます。

山極　もともとは音楽が伝えていた気持ちを、言葉が伝えるようになった。音楽も言葉も、音に規則性をもたせている点では同じです。ただ、音楽は意味を伝えるわけではないので、翻訳する必要がない。一方で言葉は意味を伝えるので翻訳しなければならない。いずれにしてもまず伝えようとしたのは、感動だったのではないでしょうか。日本語は母音で終わる開音節ですから、オノマトペと親和性が高いのかもしれませんね。

鷲田　言われてみれば、オノマトペはほとんど母音で終わりますね。

山極　だから、そういう言語体系を持っている地域では、自然の表現を音的にするのかもしれません。

鷲田　オノマトペの造語機能は、音楽に近いのかもしれません。ところで哺乳類のことを英語でmammal（ママル）といいます。それで乳房がmamma（ママ）。日本語でも「まんま」と言いますね。それらはすべて命をつなぐ大切なもので、その言葉が西欧も日本語も一緒。フランス語なら、母がmère（メール）で、海はmer（メール）で似ている。日本語なら「母」はおっぱいが二つついていて、「海」という漢字にはその「母」が含まれている。子どもが最初に発音しやすいのは、マ行なんですよ。

山極　いわゆる喃語《なんご》、赤ん坊が発する意味のない声のことですね。

鷲田　マンマ、メール、ママルなど母に関係するのはMで共通している。いずれも撥音《はつおん》（鼻を通して発音する鼻音）です。

山極　それに対して、父は言語によって呼び方がまったく違いますね。père（ペール）とか father（ファーザー）といった案配で、共通の要素はまったく感じられません。ちなみに、赤ん坊に対する発話は、現代のどの社会のどの文化でも同じような抑揚があると言われています。赤ん坊は、言葉を理解せず抑揚だけを聞いているのです。国や文化によって使う言語は違っても、赤ん坊が安心を感じる声の抑揚は同じなのでしょう。

鷲田　喃語が共通して撥音便*5を使うのは、口の感覚からきてるわけですね。

山極　それはおそらく鼻、つまり嗅覚が哺乳類にとって最も重要だからでしょう。鼻と口すなわち嗅覚と味覚、これらと視覚と聴覚とは脳内で作用する部分がまったく違います。サルの進化史から推察すると、おそらく人はまず嗅覚と味覚で世界を認識した。その後、聴覚や視覚を通じて世界を広げていった。

鷲田　ヨーロッパの高級芸術といえば絵画と音楽。これは視覚と聴覚です。対して日本なら絵画や音楽のほかに、たとえば香道があり、これは嗅覚の文化ですね。和食の芸術的な味つけや茶道は、味覚の文化とも言える。日本では鼻や口を楽しませることにも価値をおき、それを工芸として発展させてきた。考えてみれば、これはすごいことですね。

山極　体の原初的な感覚を洗練させて文化にまで高めるという。

鷲田　そう考えると、ヨーロッパで近代の科学とテクノロジーが発達したこともうなずけますね。要するに彼らは対象から距離をとって観察するわけです。客観性というのは、対象に直接影響を受けないことですから。嗅覚や味覚が、対象に影響を受ける不分明な感覚なのに対して、視覚と聴覚は対象と距離をおき影響を受けない。

山極　もしかすると家畜を持っていたかどうかも関係するのではないですか。日本は、家畜がそれほど身近な存在ではなかったでしょう。ところがヨーロッパでは、牛や豚、山羊などの家畜を飼っていました。家畜は嗅覚で生きている動物です。

鷲田　そこで人間とはっきり区別する必要があったわけだ。

山極　おそらくは彼らは家畜を下賤《げせん》なものとしてみた。だから、その肉を食べるときにも、動物が食べるような食べ方をしてはいけないと考えた。

鷲田　食事のマナーは、そこから生まれてきたのかもしれない。ナイフとフォークで食べるのが人間だというわけですね。それによって人間としての尊厳を保った。

＊5　撥音便…おもに動詞活用語尾の「に」「び」「み」「り」が撥音になる音便。例「飛びて」が「飛んで」になる。

人間の体にはホメオスタシスが働いている

山極　ユクスキュル[*6]が提唱した環世界という概念があります。ハエと人間が感じている環境は違うんだと。ダニにも、彼らの環境がある。これを受けてハイデガー[*7]は、人間がいちばん豊かな世界に住んでいると言った。

鷲田　ハイデガーは、動物は「世界が乏しい」（weltarm）という言い方をしますね。

山極　ところが日本人には、魂がハエに乗り移って飛びまわって、人の耳にとまって内緒話を聞いてくるといった昔話があるじゃないですか。人間がいろいろな動物になったり、ときには人間と動物が結婚して子どもまでつくったりする。こういう感覚は、明らかに西洋とは違いますね。人間が動物になることもできるし、動物が人間になることもできる。けれども西洋では、人間が動物になることはあっても、動物が人間になることはないんですよ。

鷲田　ヨーロッパでモダンサイエンスが生まれたのは、人間と動物をはっきり区別するような客観性を大切にするからでしょうね。視覚に象徴されるように、対象と自分が明確に切り離されている。これが嗅覚になると、動物と同じ空間にいると、臭いに慣れてしまって感じなくなる。見ること、聞くことは、対象と距離をおいているから、対象から影響されない。

山極　距離感を重視するところから、絵画や音楽が生まれてきたのではないでしょうか。そうした感覚に関しては、西洋と日本ではかなり違った発達の仕方をしたように思いますね。

鷲田　技術の進化や牧畜文明の発展の中で、他の動物たちとの、さらに自然とのバランスが崩されていったこととも関係しているかもしれません。

山極　鷲田さんにぜひ聞いてみたいことがあります。以前、一緒にセンサー論について議論しましたね。人間の身体は一つのセンサーで、言葉は外界と人、あるいは人と人をつなぐ大切な道具だという話でした。それが今、たとえばＡＩ（人工知能）やロボットなどに取って代わられようとしている。スマホなどで目で見えない相手と簡単につながるように

＊6　ヤーコプ・フォン・ユクスキュル…エストニア出身のドイツの生物学者・哲学者（一八六四〜一九四四年）。環境世界理論を提唱。

＊7　マルティン・ハイデガー…ドイツの哲学者（一八八九〜一九七六年）。独自の実存哲学の創始者。主著に『存在と時間』（中央公論新社）。

なって、これから人間のセンサーは、どうなっていくのか。

鷲田　人間の体にはホメオスタシス[*8]が働いているから、僕は意外に心配していない。たとえば、長電話しているときなどは、紙に意味のない文字を書くじゃないですか。あれは電話で聴覚しか刺激されないとバランスが崩れるから、感覚比率[*9]を戻すために字を書いている。

山極　一種の補完行為というわけですか。

鷲田　スマホのゲームなどでも、よく見ていると手の動かし方がすごい。僕らには到底、真似のできない動きですよ。だから、それほど心配していません。

山極　人間の身体性は、きちんと担保されているわけですね。東日本大震災のときでも、若者のボランティアが自然に集まってきた。スマホ時代ではあるけれども、やはり現地に行って生の現実に触れることが大切だということか。そこから新しいコミュニティが立ち上がっていくのを経験して、大きな歓びを感じたという話も聞きましたが、これも一種の代償行為なのかもしれませんね。

鷲田　音楽にしても語りにしても、発信者が注目されがちだけれど、実際には受信者がいて初めて成立するものです。「もっとやれ～」みたいに囃し立てたり、「そうか、それで」

と相槌《あいづち》を打ってくれる人がいたり。そこまで込みで、音楽にしても踊りにしても成り立つものでしょう。

山極　フェイスブックでも「いいね！」を押してくれる人がいないと、張り合いがないからなあ。だとすれば、ＩｏＴ*10が進化していけば、公的な評価ではなくとも、小さなコミュニティで評価してもらえる可能性が出てくる。いろいろな場で、小さなコミュニケーションが生まれては消えていく。そういうのが現代なのかもしれませんね。

鷲田　ただ一つ心配なのは、狩猟民族的なセンサーが弱っているように思えることです。

＊8　ホメオスタシス…恒常性。生物体の体内諸器官が内部環境を一定の状態に保ち続けようとする傾向。

＊9　感覚比率…マーシャル・マクルーハンが唱えた概念。五感は常にある比例関係のなかに置かれることで安定した現実感覚を形づくるが、ある感覚に新しいメディアが接続されることで活性化させられると、この比例関係に歪みが生じ、それを回復するために別の感覚が自らを暗示にかけるように刺激する。（鷲田清一著『感覚の幽い風景』より）

＊10　ＩｏＴ…Internet of Things の略。すべてのモノがインターネットにつながることで、生活やビジネスが根底から変わること。

だから選択肢が限られている上、選択肢に入らないものへの想像力が鈍ってしまう。そういう意味では、ハイデガーのように「世界が乏しい」とは言わないけれど、世界がクローズドになるのはよくない。

山極　その危険性を認識することが重要ですね。

第五章　自由の根源とテリトリー

生後九カ月から始まる他者への同調

山極　今日は「自由」をめぐってお話ししたいのですが、その前に最近あるところでおもしろい話を聞きました。ベートーヴェンやモーツァルトが書いた曲のフレーズには、鳥の声が取り入れられているそうです。

鷲田　それは割と有名な話で、ベートーヴェンなら交響曲第六番の「田園」などに入っていますね。

山極　さすが鷲田さんはよくご存じですね。ベートーヴェンは耳が聞こえなくなる前は、森を歩くのが好きだったようです。それで鳥の声を実によく聞き分けていたらしく、楽譜に鳥の名前まで出てくるんです。

鷲田　耳から入ってくるものは、言葉を考える上でも重要でしょう。

山極　ただ、言葉の習得に関しては、耳から聞こえてくるもの以外にもとても大切なものがあります。たとえば赤ん坊が母語以外の言葉を覚えることがあるでしょう。このときには、声だけを聞くのではなく、しゃべっている相手の表情や、身ぶり手ぶりを交えた姿を目で見ることが重要なんです。そうすることで、母語以外の言葉でもすっと入ってくると言われています。

鷲田　一種の同調が起こるわけですね。

山極　そうなんです。生まれて間もないころからでも、それは可能です。

鷲田　僕も子どもが小さいときに、外国で暮らして感心したことがあるのですが、子ども、特に女の子は、現地の言葉を覚えるのが早いでしょう。

山極　確かにそうですね。

鷲田　知り合いの日本人家族を何組か観察していたのですが、男の子は理屈で考えるようです。単語を覚えて、どう並べたらいいのかって。でも、女の子は、とりあえず口調を真似ることで相手と同調する。言っている中身は、かなりいい加減なんだけれど、口調が相手とそっくりになるからたいてい通じる。だから、女の子は外国語を覚えるのがすごく早いですね。

山極　やっぱり女の子のほうが、ソーシャルインタラクション（社会的交流）に適応しやすいのでしょう。

鷲田　男の子は、たとえば「Really?」と言われたら、つい「Reallyって何だったたっけ」と考えて、どう答えたらいいんだと悩む。ところが、女の子は「ほんと?」って瞬間的に判断して、口調を真似る。早いんですね。

山極　俗に「九カ月革命」[*1]と言われますが、人は生まれてからそれぐらい経つと、自分以外の人間、まず両親の考えを模索するようになります。まだ、言葉などわかっていない段階ですけれど。

鷲田　赤ちゃんは生後しばらくしてスマイリングレスポンスもしますね。ほとんど寝ていて、自分の姿もまだ見たことないのに、人の笑顔を見ると、ふにゃっと笑い返すという。あれは誰かの微笑みを真似しているわけではないのだと聞きました。

山極　新生児微笑は、完全に反射的に出てくるもので、笑いを返すだけじゃなくて、舌をベロッと出したり、口をすぼめたりすることもありますよ。

鷲田　とても不思議な現象だけれど、あれは反射なんですね。

山極　九カ月革命は、相手の意図を探ろうとするので、新生児のスマイリングレスポンスより、もう少しレベルが高い。見たもの聞いたものを自分の中でいったん消化してから発するようになるのは、一歳を過ぎてからですね。

鷲田　そんな話を聞くと学部時代の卒論のことを思い出しますね。僕はそのころから他者の問題をテーマに取り上げていて、認識論的な議論ばかりしていたんです。たとえば人はどうして他人の痛みがわかるのかとか。するとあるとき、生物学者の池田清彦さんから茶化すように言われたの。「他者の痛みを知るのは、そんな面倒なことじゃない。たとえば、魚がまな板の上で悶えていたら、いちいち感情移入なんかしなくても魚の苦しみはすぐわかる。同じ脊椎動物だから」って。要するに同調的感応ということで、おもしろいなあと思った。

山極　人間以外の生き物でも、かなり下等な段階から同調は見られますからね。

鷲田　それは脊椎動物なら脊椎動物同士という話？　それとも、種を超えても通用する話なのですか。

山極　もちろん感覚器官の違いには大きく左右されますね。たとえば昆虫のように、化学的反応を同調に使っている生き物もいますし、実際にアリなどが行列をつくるときには、フェロモンを出して同調を促しています。彼らは脊椎動物のような視覚を持っていないから、視覚を第一の指標に使ってはいませんね。

＊1　九カ月革命…生後九カ月から一二カ月にかけて、それまで自分と他者や物体という二項的な見方が、自分、他者、物体という三項的な見方に変化する。他者の視線を追うなどの行動が見られる。

鷲田　視覚は、それほど大きな要素ではないということ？

山極　そうですね。哺乳類でも、夜行性のものは視覚を利用するのではなく、声や匂いを使って同調します。陸上の哺乳類は、たいてい鼻を地面につけて移動するでしょう。あれは地面がキャンバスになっているわけですよ。おしっことかいろいろな匂いが、そこかしこに染みついていますから。

鷲田　異性の匂いもあるでしょうね。でも、人間はそんなことはしない。

三次元空間では声でテリトリーを主張

山極　地面の匂いからは、同種だけでなく異種の生き物の匂いも感じることができます。どこにどういう個体がいたかまでわかる。ところが、人間は二本足で立つようになって、地面に鼻をつけなくなりました。サルなんかも同じで、木の上で暮らすようになったから、地面の匂いのキャンバスから遠ざかってしまった。匂いの世界からは、かなり距離をおいているわけです。

鷲田　でも、そんなサルがテリトリーには敏感じゃないですか。それはどうしてなんですか。

山極　サルは鳥の世界に入ったってことですよ。鳥もテリトリーにはとても敏感です。けれども空中には、地面のように境界が引かれているわけではない。二次元じゃなく三次元空間にいますから。しかも飛びまわることができるので、一瞬のうちに移動することができる。だからテリトリーソングを鳴くことで、自分のテリトリーを訴求するのです。

鷲田　視覚の代わりに聴覚を使うということか。目に見えないけれども、それでテリトリーの境界はきちんとわかっているの？

山極　空間中のテリトリーをしっかり把握しています。夜行性の原猿類なども声でテリトリーを主張します。テナガザルなどは昼行性だけれど、テリトリーソングを一生懸命に鳴いて、自分のテリトリーを訴求していますよ。声というのは個体を示しますから。その結果、目には見えないけれども、森の中にきれいに境界がつくられています。

鷲田　その場合の境界は、声が届く範囲にまで広がっているんですか。それとも、それよりも手前で、自分のテリトリーを区切る何か目印のようなものがあるのですか。

山極　テリトリーというのは、防衛すべき聖域なんです。夜行性原猿類は匂いつけをすることもありますが、昼行性真猿類になると嗅覚がかなり退化しているので、視覚に頼ります。ともかく自分のテリトリーに侵入してきた個体は、追い出さなければならない。だから、相手の姿が見えたら、すぐに行ける範囲に限られるわけです。あまり遠くだと、そこに行くまでに時間がかかりますから。

鷲田　なるほど、運動と知覚が連動しているということですね。

山極　一年間に移動する範囲をホームレンジと呼びますが、その中でもテリトリーは、自分が一日のうちに移動できる範囲内に限られます。限界があるわけです。

鷲田　それは理に適《かな》っていますね。では、魚はどうですか。アユなんかはテリトリー意識が強烈でしょう。ところが水の中に匂いはないし、音も聞こえない。そんなところでどうやってテリトリーを認識するのかな。

山極　水中も三次元空間ですね。水中は空中より音は早く伝わります。視覚も使います。アユの場合は餌のあるところが縄張りになっています。だから別の個体が侵入してきたら、追いかける。けれども敵が自分の縄張りの外に出たら、それ以上は追いかけません。縄張りの外は、つまり他のアユの縄張りということですから。そんな感じで曖昧ではあるけれども一応認知できるものとして、テリトリーはバーチャルに決まっているということです。

鷲田　そのバーチャルなテリトリーの考え方を国境に活かすことはできませんかね。国境も、そもそもバーチャルなものでしょう。

山極　人間の不思議なところは、地面に鼻を押しつける二次元の世界から三次元へと移ったはずなのに、土地に関しては二次元の世界に戻ってきたことです。土地に大きな価値を見いだしたことが問題を引き起こしていますね。

鷲田　確かに土地に異常にこだわりますね。江戸時代の藩などがわかりやすい例だけれども、とにかく広さにこだわるというか。

山極　基本的には川や山などの自然にある障壁が国境になるんですけれどね。そういう境界線で土地の質が変わりますから。

鷲田　僕が国境と言ったのは、近代国家の話なんです。第二次世界大戦後にできたアフリカ諸国などは、国境が完全にイマジナリーな直線になっているでしょう。あれは自然環境の境界とは、まったく無関係なはずです。そういう国境の問題を考えるときに、サルの知恵みたいなものを活かす方法はないのかと思ったのですが。

山極　アフリカは、ヨーロッパの列強諸国によって、人工的に国境線が引かれたから直線なんです。これは明らかに恣意的な国境線です。欧米の人間が勝手に入り込んできて、地図をつくって好きに線を引いた。それまでアフリカには地図なんかなかったわけですから。私がずっとかかわってきたコンゴ民主共和国は、ベルギーの植民地時代に無理やり国境線を引っ張って、海への出口を確保しています。

鷲田　南太平洋も、国境は相当に不自然な直線になっていますね。

山極　ボルネオ島なんかは、一つの島の中に三つの国の国境線が引かれている。あれはイギリス領とオランダ領だった名残ですね。

鷲田　国境線について、人間はもっとサルやアユから学ぶべきというのは決してジョークではなくてね。国境はもっとフレキシブルにならないものかと思います。首都などの中心部分は別として、周辺部の隣の国と接しているところなどは、お互いの共有地をつくれば、争いごとはずいぶん減るのではないでしょうか。

テリトリーの起源と男権社会の誕生

山極　僕もすごく重要な問題がそこに孕まれていると思っていて、実はゴリラにはテリトリーがないんです。

鷲田　それは意外だな。集団で暮らすのだから、テリトリー意識は強いと思っていました。

山極　ところがそんなテリトリー意識はまったくない。なぜなら、集団といっても、家族集団だからです。つまりゴリラの場合は、一頭ないしは数頭のオスが、複数のメスと子どもと一緒に暮らしていますね。それが一つの単位になっていて、家族集団が移動する範囲はかなり広い。けれども、その中に別の集団が入ってくるのは自由なんです。各家族集団は、お互いに独立性を保っているけれども、土地によって棲み分けたりはしません。

鷲田　サルやチンパンジーも同じですか。

山極　これがおもしろいところで、チンパンジーには家族的な集団が一切なく、逆にコミュニティをつくって、オスたちが複数でテリトリーを争っています。

鷲田　それは人間社会に似ていますね。

山極　人間も基本は家族なんだけれども、それより大きなコミュニティをつくるようになった。だから人間社会は、テリトリーをつくることになったのだと思います。逆の例で言えば大きなコミュニティをつくらないアフリカのピグミーと呼ばれる人たちは、テリトリーを持ちません。なぜなら彼らは狩猟採集生活をしていて、共有地での家族集団を基本としているからです。家族を中心に据えていると、テリトリーは生まれないのです。

鷲田　それはおもしろいですね。家族が集まってコミュニティをつくると、テリトリーが必要になるわけだ。

山極　コミュニティができて定住すると、コミュニティ同士の争いが起きますね。すると土地を守る男たちが力を持つようになり、父権的な社会になるわけです。けれども、本来は母系的な社会が人間の原型だと僕は思います。コミュニティごとに土地を所有するようになって集団の輪郭があらわになり、集団同士が拮抗して境界が生まれる。これは男の論理といえるでしょう。

鷲田　父権の出現は、山極さんの積年のテーマですね。

山極　日本でも平安時代ぐらいまでは、母系的な傾向が残っていたと思うんです。その象徴と言えるのが妻問い婚*2が行われていたこと。これは女性を所有できない社会にしか見られない風習ですよ。女性が自分で男性を選ぶことができるわけですから。

鷲田　女性が男性を選ぶ、つまりイニシアティブは女性にあるということですね。女性には、移動の自由はそれほどないにせよ。

山極　仮に一人の女性のところに、複数の男性が通っているとしても、お互いに阻害し合うことはありません。このように女性にイニシアティブがある社会は、欧米のように男性が女性を所有するような社会と比べて、ある意味自由奔放でしょう。性に関してもおおらかさがありますね。

鷲田　日本では姉家督*3が最近まで残っていましたね。特に東北地方では、姉家督が多かったと聞いています。

山極　女性が、夫ではなく男兄弟を頼りにする。これが母系社会の特徴で、女性は親族を頼ることができる。だから母権社会とも言えます。これに対して欧米では、女性は誰かの妻になった途端に、自分の生まれた家族とは絶縁する傾向がある。ここに以前の日本との大きな違いを感じます。

鷲田　夫のものとなってしまうということは、自由を失うわけですね。

ひとりで暮らすことを選ばなかったメス

山極　ゴリラの例に戻りますが、オスは成熟すると自分の集団を構えます。ただし、その前にまず生まれ育った集団から外に出ていかなければならない。

鷲田　集団の束縛を断ち切って、ひとりゴリラになるわけか。それは自由になることを意

＊2　妻問い婚…夫婦が同居せずに、夫が妻のもとへ通う形の婚姻。
＊3　姉家督…長子相続の一種。初生子が女子の場合、婿養子を迎えて家督を相続させる風習。

味するの。

山極　そこが自由を考える上で、非常におもしろいところなんです。僕はひとりゴリラの研究をしていました。一頭のゴリラに朝から晩まで寄り添って、その挙動を見ながらずっとノートに記録していました。その結果わかったのが、オスはひとりでいることに耐えられないということです。

鷲田　一匹狼、じゃないな、ひとりゴリラで自由なのに、それは決して望んでいるわけではないと。

山極　じっと見ているとほんとに、他の集団に近づきたくてしょうがないんです。だからといって、どこの集団に入ることもできない。だからひとりでうろうろしている。

鷲田　自由な暮らしを満喫しているようにも思えるけれど、実態はそうではないと。

山極　実に自堕落な過ごし方をしていますからね。ほとんどふてくされていると言っても過言ではないぐらいです。普通のゴリラは日の出とともに起き出し、日の入りとともに眠りにつきます。ところが、ひとりゴリラは、日が高く昇ってもずっと寝ていたりする。一日中うだうだして、好きなときに食べて、その後またごろんと転がっていたり。

鷲田　うらやましいぐらい、理想的な自由生活にも思えますが（笑）。

山極　僕も初めてその姿を見たときには、そう思いました。群れの中にいれば、若いオスはメスに疎まれて、大きなオスをけしかけられたりしていじめられる。そういう状態に耐えられなくなって、外に出ていくんですけれどね。

鷲田　それならひとりでいるほうがよほど望ましいではないですか。

山極　僕もそう思って、「ひとりでいるって自由でいいよな」なんて語りかけていたんです。ところがよく見ているると、他の集団が近づいてくると途端にそわそわし始める。そっと様子を見にいって、それこそ群れの中のメスをじっと見つめてみたり、子どもにちょっかいを出したりし始める。結局はひとりではいられないんですね。そんなことをしているうちに運よくメスが近づいてきてくれれば、新たに自分の集団をつくることができる。

鷲田　結局決めるのはメスというわけですか。オスがメスを捕まえるのではなくて？

山極　そのとおりです。メスと一緒になり、自分の子どもができると、それから先は新たな家族集団ができます。

鷲田　ひとりでいる期間があるのはオスだけですか。メスはどうですか。

山極　それも不思議なところで、昼行性の霊長類でメスが一頭で暮らすのはオランウータンだけです。ひとりオスの時期はニホンザルでも、ヒヒでもある。ところが彼らのメスは絶対にひとりにならない。

鷲田　それは子育てとは関係ない話なのかな。もしそうだとすれば、なぜオランウータンだけなんだろう。

山極　わかりません。ただ私の結論は、オランウータンはともかくとして、霊長類のメスはひとりで暮らす道を選ばなかったのだということです。

鷲田　それは生存戦略としてということ？

山極　子どもを育てるには時間も手間もかかるからです。だからメスは、自分ひとりですべてをまかなう道を選ばなかった。身の安全は誰かに付託するとか、あるいは共同で守ることにしたので、敵と戦う体に発達することもなかった。だからメスはみんな地味な出で立ちをしていて、体も大きくない。一方で他者をそそのかして利用する能力には優れている。鷲田さんが同調という言葉で表現されたように、会話などに敏感で話す力に長けている。こんなことを言うとフェミニストの方々に怒られそうですが。

自由と自己責任をめぐる問題

鷲田　先ほどのテリトリーの話を大学のあり方に広げると、境界に区切られた空間として大学を考えるのではなく、窓を開けっ放しにして風通しをよくしたいという山極さんの「WINDOW構想[*4]」に通底しますね。ゴリラ型の大学空間とでもいえばいいのでしょうか。

山極　そこまで話が飛ぶと、ちょっと行きすぎです（笑）。ただ、ゴリラの生態を観察した結果、得られた結論は、人間も一人ではいられないということです。たとえば「引きこもり」などは、ある意味究極の自由と言えるでしょう。誰にも迷惑をかけなくて、自分だけの好きな世界に浸っているのだから。

鷲田　見方を変えれば、究極の不安とも言えなくはないですが。

山極　まさにおっしゃるとおりで、究極の自由とは、究極の不自由なんです。人間が自由を感じるのは、他人から何かを期待されたり、他人とかかわりを持つなかで、自分の行為を自分で決定できるときだけなんです。自分一人で何をしてもいいという状況、まったく孤独な空間の中では、逆に自由を感じることはないし、おそらくは何もできない。他者と

＊4　WINDOW構想…京都大学の改革と将来構想。W: Wild & Wise, I: International & Innovate, N: Natural & Noble, D: Diverse & Dynamic, O: Original & Optimistic, W: Women & Wish の6つの目標を掲げる。

の関係性を利用しながら、自分の考えを紡いでいくのでなければ、そもそも自由な発想などというものは成り立ちえない。

鷲田 そういう意味では、京都大学は確かに自由ですね。対話を根幹とした自由な発想を何よりも重んじるところですから。

山極 その対話を学内にとどめるのではなく、窓を開けて、社会に対して開かれたものにしましょうというのが、私が「WINDOW構想」に込めた意味なのです。

鷲田 自由と言われて思い出すのが、一時期よく言われた自由と自己決定を同一視する風潮です。典型的な例が障害者に関して、彼らが自由を獲得できるように自立支援しようなどという動きがあった。ただし、ここで言われている自立とはindependence（インディペンデンス）、つまり非依存なんです。

山極 要するにdependent（ディペンデント）ではないんだと、何かに依存しているのではない状態を持って自由だというわけですね。

鷲田 誰にも依存することなく、何ごとも一人でできるように設備を整えたり、能力を向上させたりする。それが自立支援だというわけですが、そんなことってありえないと思いませんか。最終的に障害が消えてなくなるわけではないのだから。

山極　おそらくは、どこかで必ず何らかの助けが必要になりますね。

鷲田　だから自由イコール非依存、何にも頼らないという考え方に私は賛同できません。independence ではなく interdependence（インターディペンデンス）、すなわち相互依存のネットワークを必要に応じて使えることこそが「自由」であり、不安を取り除いて安心につながるということです。

山極　いつでも、どこでも、誰かに助けてもらえる自由があるという意味ですね。

鷲田　そうです。何かをしたいと思ったときには、電話で助けを求める相手がいて、ひと声かけたらさっと来てくれる。映画を見たいと思ったら、行く先々で支援の仕組みが手際よく動き出す。これこそが本当の意味での「自立」ではないでしょうか。そんなふうにずっと言ってきたんですけれどね。

山極　よくわかります。その流れで責任について考えるとどうなるのでしょうか。最近、自由と自己責任が必ずと言っていいほど、セットで語られますね。

鷲田　責任とは本来、他者との関係性の中で捉えるべき概念ですからね、自己責任というのはどうなんでしょう。

山極　だから、異なるコミュニティに属するAとBが同じような行為をしたとしても、A

さんが感じている自己責任と、Bさんにとっての自己責任は異なるはずです。それは鷲田さんがおっしゃるように、自己責任とは、まさに個人と他者との関係性の中で考えるべきであり、所属するコミュニティが異なれば責任は変わってくるのが当然です。ところが、最近では自己責任の標準化みたいな現象が起こっていて、そこから外れたことをすると、一斉に叩かれたりする。

鷲田 ネットの世論みたいなものが、そういう風潮に輪をかけていますね。そもそも責任とはresponsibility（レスポンスビリティ）であり、他者とのrespond（レスポンド、応答）の関係の中で生まれてくるものです。たとえば誰かが「助けて！」と叫んだときに、ちゃんと守ってあげる、あるいはそういうことをする用意がある。それがrespondできるability（能力）ということですよね。

山極 コミュニティがきちんとあって、自分と自分を取り巻く仲間たちとの間のレスポンスが、きちんと存在した時代には、身体性としての責任が幼いころから育まれていました。それが、今はなんだかふわふわと浮いちゃってる。個人がコミュニティから切り離されてしまっているから、個人の責任が曖昧になっている。そんな気がしてなりませんね。

第六章　ファッションに秘められた意味

ストーリーとしての服装

鷲田　コミュニティといえば京都では鉾町《ほこまち》（祇園祭の山や鉾を保存・運営している町）ですが、山極さんは確か鉾町の近くに住んでいますよね。

山極　すぐそばです。

鷲田　鉾町なんかは典型的なコミュニティでしょう。理屈抜きで、子どものころから祭りのときに任せられる役割が、年齢に応じて決まっている。その理由を尋ねられても、おそらく合理的に答えられる人は一人もいないでしょう。これまで続けてきたという理由で受け継がれている。けれどもそんなコミュニティの中で育っていくことで、子どもなりに自分に対する期待を肌で感じるようになる。そうやって体でモラルを覚えていくわけです。そんな鉾町のマンションに暮らす人たちは、祭りに参加する理由をどう捉えているのでしょうか。

山極　実態をいえば、マンションの住民は鉾町の町内会には入らないんですよ。

鷲田　なるほど。

山極　鷲田さんの専門分野に入りますが、鉾町で子どもたちが伝統的な行事の構造や、その中での役割をどうやって認識していたか。そのカギは服装だと思いますね。

鷲田　ほう。服装に意味があるというわけですね。

山極　まず鉾町によって法被《はっぴ》が異なります。あるいは羽織袴を着ている人がいちばん偉いとか、それぞれの服装を通じて何となくわかってくることがある。すると自分が着せられている服装のことや、担っている役割について自然に考えるようになる。年代が上がっていくにつれて、自分の役割もレベルが上がっていく。着物というのは、かつてはそういう役割の階層性のようなものを表していたはずです。それが残っているのがお祭りなんでしょうね。

鷲田　今はなくなっているようですが、昔は看護師さんも、服や帽子が階級によって違っていたでしょう。祇園あたりでも、舞妓さんから芸妓さんまで細かいランクがあって、それによって髪型から着物の着方まで全部違うじゃないですか。細かいところまでは僕も知りませんが。

山極　一つひとつの意味まではわからないけれど、多分全体を通すと、ストーリーがあるということは、おぼろげながら認識しているのですね。だからお祭りにしても、飾りにしても、特定の服装をしている人は、特定のストーリーに則っているから安定感がある。ところが現代は、そういうストーリー性が社会からは放逐されてしまい、服装が社会的地位や職柄などを表すものではなくなった。

鷲田　確かにもはや服装は、共同性を表す印ではありませんね。

山極　ファッションは自由を謳歌する象徴だったはずなんです。あるころから、要するに何を着ても、はいているのはジーパンでいいみたいなところがあったでしょう。そうやって既存の服装文化を壊していくことが自由だった。

鷲田　それは、ちょっと留保をつけなければいけない話になってきたな（笑）。

山極　反論はのちほど伺うとして（笑）。そうやって服装文化を壊していった結果、逆にすごくフラットな社会になってしまった。ファッションに関しては、細部の差異性にはこだわるものの、その背景となるストーリーは無視する社会になってしまった。もともとファッションとは服装のことだったわけだけれど、あらゆるところでファッション化が起こり、その結果本来備えていたはずのストーリー性が失われている。音楽もファッション化することによって単なるアクセサリーになってしまった。その音楽が、どういうストーリー性を秘めているのかは考慮されない。これは社会学者の宮台真司さんが言っていることですが。すべてがファッション化してしまうことでストーリー性を失ってしまい、そこにインターネット現象がうまく乗っかって、世界がフラット化してしまった。そんな感じがするんです。束縛を意識していた我々の世代からすれば、今は束縛そのものを意識できない状況で、それゆえに自由の在《あ》り処《か》がわからない社会になってしまったのではないか。つまり現代は、自由がありすぎる社会ではなくて、むしろ束縛が見えない社会と捉えるべきなんです。

自由のシンボルだった制服

鷲田　服装が階級を示すというのは、人類史の中でも古くからありました。王様しか着ることのできない装いとかメイクとかが確かにありました。ただ、もっと根本まで遡ると、そうした社会的記号になる前からファッションは存在していたはずです。それこそアフリカのハレのときの化粧、祭りのときの装いなどは、僕らの感覚とはまったく違う。僕らのファッションは、基本的に横向きじゃないですか。つまり他人と自分との違いを訴求するとか、自分の個性を演出するために装うのです。あっちとこっちを区別するための社会的な印、記号としてファッションは機能している。ところがアフリカの社会を見ていると、自他との違いではなくて、自然や宇宙との関係性を表現しているように思えるのです。人間は弱い、だから体にいろいろな色を塗ったりして、ライオンのようになってみようかという変身願望が込められているというか。

山極　いや、そこまで遡るなら、私にも言いたいことがあります（笑）。

鷲田　そりゃそうでしょう。山極さんなら言いたいことがいっぱいあるはずなのに、どうして出てこないのかなって不思議に思ってた（笑）。

山極　話が現代から始まっていますからね。

鷲田　それでは現代から話していくとして、実はファッションイコール束縛ではないのですよ。確かに近代革命が起こるまでは、服装というのは差別の印で、階級や職業を表していました。そこから記号性を取っ払って好きな格好をするという発想はゼロだった。そんな中で最初に選ばれた自由のシンボルが、実は制服なんですよ。

山極　制服が自由の象徴ですか。それは意外だな。

鷲田　そうなんです。制服とは自由な市民の衣装のことで、具体的には背広の原型に相当するものです。市民はみんな平等であり、階級も職業も関係ないことを表現するために、みんなが同じ黒やグレーのスーツを着るようになった。今の背広より少し丈が長いですが。

山極　そういえば、フランス革命のときに市民軍が揃ってつけた帽章の青色も自由の象徴ですね。

鷲田　ここがおもしろいところで、自由を主張するために、市民はみんな同じ格好をした。つまり、それまでの差別や階級を一掃する革命は、みんなが同じ格好をすることで完結した。だから自由な市民たちは、自発的に制服を着るようになった。男性の場合は、それが現代までずっと続いているわけです。今の日本では、天皇陛下でさえ背広を着はるわけです。おもしろいでしょう。

山極　確かに公式の場では、背広ですね。

鷲田　しかも制服としての背広は、以前は大人だけの装いだったのに、今では中学生から背広みたいなジャケットに変わっているじゃないですか。男は子どもから大人まで、階級差もなくて、労働者から天皇陛下までみんな背広になっている。ところが、女性には制服がいまだにないのですよ。就活用のスーツみたいなのはあるけれども。

山極　その理由は、男たちだけにホモソーシャルというか、社会的な連帯を確信するための仕組みが必要だったということですか。

鷲田　いや、これは男権社会の「所有」の話につながるんです。男は自分たちの服装が地味になって統一されているのに、女性は華美な装いを競い合っている。それは女性が男にとっての所有物だからですよ。男性が女性を着飾らせるのは、自分の財力を誇示するためだったんです。

山極　なるほどなあ。意外だけれど、納得できる話ですね。

鷲田　だから自分の所有物である妻や娘を着飾らせることには、男性にとって代理承認の意味がある。結婚式のドレスなんて、その最たるものでしょう。男は黒なのに、女性はすごいドレスを引きずって歩くんだから。本来動物は、基本的にオスがきらびやかなはずです。人類も近代革命が起こるまでは、男の装いのほうが華美だったのです。ルネサンス前後には男たちは首元はラフ（ひだ襟）で、手首はリボン細工で、頭部はウィッグで飾り立てていました。ハイヒールとか先の尖った靴を履いたのも男です。ブルマーやタイツやストッキングもはいていて、そのころの貴族兵士を見ると、鉄の甲冑の上にレースをかけたりもしている。

山極　おっしゃるとおりで、ファッションの起源をたどればやはり男性、要するにオスですね。ゴリラやライオンでも、オスだけが変更不可能な装飾品を身にまとっていますからね。ライオンのたてがみやゴリラの背中の白い毛などは、取り外しできません。それを人は変更可能なもので補った。それがボディペインティングだったり、羽飾りだったり、毛皮を着ることもそうですね。

鷲田　そういうものを身にまとうことで変身する。

山極　変身すると、それまでの自分とは違うものになったような気分になれます。これは大きな認知革命で、おそらくは言語の発達と軌を一にしていたのではないでしょうか。

鷲田　なかなか壮大な話になってきましたね。

装いの起源は宇宙との対話

山極　今のところ人類最古の象徴表現（シンボル）とされているのは、南アフリカのブロンボス洞窟で見つかった七万五〇〇〇年ぐらい前のものです。ここで赤色オーカー（赤鉄鉱）が見つかっていて、これは使いみちがよくわからないんだけれど、たぶん体に塗ったんじゃないかと思われます。また、貝に装飾したものも出ている。ところが、これ以降のアフリカでは釣り針なんかは出てくるものの、装飾品はほとんど見つかっていません。その後、三万五〇〇〇年ぐらい前になると、いろいろな装飾が各地で出てきます。

鷲田　アルタミラ洞窟の壁画が一万八〇〇〇年ぐらい前でしたか。

山極　そうです。それまでは自分の体を装飾していたのが、その装飾を壁画として外に出した。おそらくは、ここで大転換が起こったに違いありません。始まりは自分を着飾って何かに変身することだったのでしょう。それを誰かが見る。その次の段階として、変身した自分の姿をたとえば壁画のように何かに写し出したのです。これは鷲田さんが先ほどおっしゃった「自然や宇宙との関係性」とつながっているのではないでしょうか。自分たちが着飾っている、その姿を誰かが見ている。その状況を壁に投射して描く。ここには「多重性」という概念の萌芽がうかがえますね。

鷲田　自分の二重化みたいなことですね。今ここにいる自分を、もう一つの目から見た自分へとずらしていくというか、二重化していくというか。

山極　この段階でファッションの原理が出てきたのではないでしょうか。

鷲田　僕は昔、化粧をどうして「コスメティック」というのかとても気になったことがあって……。

山極　それは、もしかするとコスモスですか。

鷲田　そう、コスモスつまり宇宙なんです。コスメティックは、宇宙へのあいさつなんです。現代のコスメティックは、他人に自分の姿をよく見せるための行為です。要するに見せる相手は他者ですね。けれども起源としての化粧や装飾とは、宇宙や大自然を相手にしていたはずです。変身して、人間にとっては恐ろしい他の種の生き物になったりして、とてもパワフルになった気分を味わうというか。変身することで、宇宙にあいさつするというか、あるいは挑発するというか。

山極　なるほどなあ。自分が装飾した姿を見せる相手として、誰を設定しているのかが重要なわけですね。

鷲田　衣服が本質的に持っていた意味としては、社会性よりも先に、宇宙や自然、あるいは他の生命との応答があったのではないでしょうか。その延長線上として、権威ある王様と同じ装いをしてはならないという社会的な意味を帯びてくるようになった。

山極　そう考えると、衣服は神との応答性から生まれた可能性がありますね。

鷲田　衣服の起源論を突き詰めるのは難しいですが、衣服は体を保護するために生まれたと一般には言われますよね。暑さ寒さから身を守るために、人は衣服をまとうようになったという説です。けれども、衣服の起源には別の説もあります。最初は「紐衣《ちゅうい》」、要するに腰のあたりに巻きつけた紐《ひも》ですね。

山極　それこそ何の機能性もない、ただのシンボルですね。

鷲田　そう、ほんとにシンボル。アマゾン奥地では、紐衣をいまだに身にまとっている人たちがいます。彼らにとって何よりの屈辱というか、羞恥の極みが、この紐がちょっと緩んでいること。それはもう生きた心地がしないぐらい恥ずかしいのだそうです。

山極　まさしくシンボルですね。ただの紐に、それほど強烈な意味が込められているとは驚きですが。

鷲田　アフリカなどでは、強い動物になったかのように装うじゃないですか。たてがみのような毛をたくさんつけたり、体を真っ白に塗ったりして、凶暴な動物に変身するでしょう。アンデスや南太平洋などで見られる刺青なども、幾何学模様で象徴的でしょう。いずれも機能的な意味はなくて、神に対する象徴的な意味を持つのだと思いますね。

憑依《ひょうい》と女性の所有

山極　私は言葉ができる前に「憑依」という現象があったと思うのです。自分が、自分ではない何かになる。身体装飾の意味は、この憑依を表現することにあったのではないかと思います。なぜなら、弱い人間が、自然と立ち向かうためには、強さと知恵が必要だからです。そうしたものを身体に埋め込むための儀式が装飾だった。自分とは違う生き物になるという意味では、トーテミズム[*1]などがその典型で、だから非常に古いものでしょう。これはおそらく人間の信仰の原点だと言えるのではないでしょうか。

鷲田　話がどんどん広がっていきますね。でも、今の憑依という言葉を聞いて、ファッションに大転換が起こった理由がわかりましたよ。

山極　憑依が何かイマジネーションを刺激しましたか。

鷲田　ヨーロッパのファッションはもともと、男性が自分の地位や社会的な力を誇示するためのものだったのです。それが一九世紀の初めあたりに、女の人がファッションシーンの中心になって大転換が起こった。その理由が、まさに憑依なんですよ。

山極　ちょっと話がみえませんが。

鷲田　憑依は英語でpossession（ポゼッション）ですね。

山極　なるほど所有か。つまり女性の所有ですか。

鷲田　何かに取り憑かれるということは、自分の存在を誰かに所有されることでしょう。

山極　所有するものと、所有されるもの、つまり憑依されるもの。要するに欧州における

＊1　トーテミズム…北アメリカインディアンのオジブワ族の言葉に由来し、未開社会である特定の社会集団と、ある特定の動物、植物〈トーテム〉などとの間の儀礼的、神秘的な関係。

男女の関係ですね。

鷲田　そうです。ファッションはもともと変身や憑依による自己誇示のメディア（媒体）だった。それが一八世紀の終わりぐらいから、男性が女性を自分の所有物、つまりpossessionとして誇示する手段になりだした。かつての男性の華美な服装はモノトーンの地味なものになり、逆に自己の所有物としての妻や娘や愛人をきらびやかに着飾らせることで、おのれの勢力を象徴的に誇示するという、そういう変化がこのころ起こった。おもしろいでしょう。同じpossessionという言葉なのに、いつの間にか憑依から所有へと意味が反転しているのだから。

山極　おもしろいですね。それは中世のキリスト教圏の神から許された厳格な男女関係から自由恋愛が支配的になったことと関係があるのでしょう。そして、そこに何らかの禁止や障害があると、情熱と時間とお金まで費やして燃え上がる。これがファッションになるというか、美しいものとして人気を集めるようになった。ここには生物学的な原理とは相容れない理屈が働いています。

鷲田　それがおそらく人間の性でしょう。人間は生物学的欲求で動いているのではなくて、欲望で動くものです。欲望が起動するためには、何らかの禁止が最初にないとダメなんです。人類の歴史、文明の歴史とはある意味、禁止の歴史と見ることができる。アンタッチャブルというか禁止があるから、その禁忌を破ることで欲望が充足される。単なる生物学的な欲求ではなくて、文化的欲望を駆り立てる装置として、禁止は機能するわけです。

山極　鷲田さんの説に従うなら、生物学的には意味のない行為が、人間社会を動かしてきた。所有しようとして、所有できない。そのジレンマみたいなものが、新しいものを生み出していく。そういう動機のつくられ方が、少なくともここ三〇〇年ぐらいは人間社会を動かしてきたということですね。ところが、今、禁止について大きな変化が起こっているのではないでしょうか。

禁止が見えなくなった社会

鷲田　禁止の変質ですか。

山極　たとえば恋愛を親が禁止することなど、もはやほとんどありません。だから心中なんて行為もほとんどなくなった。ところが、男女関係をめぐるトラブルはなくなりません。異性の所有問題をめぐって、あるいは子どもの親権問題をめぐる犯罪もあります。要するに人間関係が思うようにならないことに対して、非常ないらだちを感じている。そこで暴力をふるったりして、強制的に自分の望む人間関係を成立させようとする。物欲についてては、今や規制するものが何もなくなった。ところが人間関係の所有については、いまだに得体の知れないレベルに留まっているという気がしますね。

鷲田　自由とは、特に近代的な概念では「所有権を持っている」ということですよね。パートナーも子どもも、あるいは物にしても同じで、これは私のものだから、私が好きにしていいと。この同じ理屈を自分の体についても言うようになってきた。しかも少女たちが、耳にピアスを開けて、「自分の体なんだから、好きにしていいでしょ」と。それがエスカレートすると、ブルセラ少女が下着を売り始めたときの理屈も、自分のものを売るのだから、親にどうこう言われる筋合いはないみたいな。

山極　自分の所有物を自分が好きなようにして、何が悪いのかと。

鷲田　人に迷惑さえかけなければ、何をしても勝手ではないかという、これは近代的な自由の概念の、最もオーソドックスな形ですね。ジョン・スチュアート・ミル[*2]などがその典型で、他者に危害さえ加えなければ、人は自分の思うとおりに行動してもかまわない。だから「自由」「所有権」、そして「disposability（処分権、つまり自分の意のままにできること）」は連携した概念となっています。まさに近代的なトリアーデ（三つで一組のものの意）です。

けれども、昔は自分の体だから自分の勝手にしていいなどと、口が裂けても言えなかったはずです。

山極　自分の体なんて偉そうに言うけれど、一体誰に産んでもらったんだと。そう言われると、反論できませんでしたね。ところが今や、医学の発達によって母親に産んでもらわなくても、生命が誕生する試験管ベイビーがある。

鷲田　その先にはデザイナーベイビーという、遺伝子操作をして望みどおりの子どもをつくる話もありますね。

山極　生まれた後でも、自分の遺伝子を操作することで、親から受け継いだのとは異なる遺伝子をつくることさえできる。

鷲田　その手のデザイン願望というのは、共同体の中の話ではなくて、あくまでも自分が自由にできるという話ですね。

＊2　ジョン・スチュアート・ミル……イギリスの哲学者、経済学者（一八〇六～七三年）。代表作に『自由論』（岩波文庫）。

第七章　食の変化から社会の変化を読む

食に見る所有と共有の起源

山極　共同体の形成にかかわる、所有と共有の起源には、食物が絡んでいます。類人猿でも食物を分け合うのは、かなり難しい行為になります。自分がいったん手にしたものを、他者に分け与えた上で、さらに一緒に食べるというのは、かなり難易度の高い行為です。類人猿の場合は、相手から「ちょうだい」と言われると、渋々ながら分けるぐらいのことはする。

鷲田　渋々ながらも、一応は分けてくれるわけだ。

山極　とはいえ分け合った後に、顔を向き合わせながら、同じものを同時に食べるようなことはめったにしません。ところが、人間だけが、そうした行為を何の疑問もなく日常的に行います。これは実はきわめて不思議な現象なのです。たとえば、サルから考えれば、自分が手にした食物を、他人に分け与えるなどというのはとんでもない話です。

鷲田　自分が取ったものは、自分だけのもので、誰かに分け与えたりはしないわけですね。

山極　サルの場合は植物食ですから、自分が食物になる葉っぱやフルーツを見つけたら、それは自分のものになる。

鷲田　強い弱いではなく、最初に取ったものに権利があるということ？

山極　場所をめぐる争いはありますよ。けれども、たとえ弱いものでも最初に食物を手にしてしまえば、後で場所は譲ったとしても手にした食物までは譲らなくていい。これは「先行保有者優先の原則」と呼ばれます。

鷲田　ところが類人猿は違うわけですね。頼まれれば嫌とは言わない。

山極　この類人猿の行為に、人間社会につながる契機がひそんでいるように思いますね。要するに個人的な所有から違う段階に行くというか、所有を共有にすることによって社会関係をつくる。あるいは、互いの社会関係を確認することに役立っている。だからゴリラの場合は、弱いものが自分と相手の関係を確認するために、強いものが持っている食物をもらいにいくわけですよ。まさに、わざわざもらいにいく。逆に力の強いものは、弱いものからの食物の要請に応えることにより、他者との関係の中で自分の力を確認するわけです。

鷲田　それはなかなか込み入った関係でおもしろいですね。けれども、とても納得できる話です。

山極　強いものは、弱いものとの関係性があるからこそ、自分が力をふるえることを感覚として理解しています。他の連中を力で押さえつけることはできるけれども、弱いもののちにそっぽを向かれてしまったら、自分は見捨てられることを本能的に理解している。だから「ちょうだい」と言われれば、少し分けてやる。要するに自分が所有しているものを、他者と共有することで、他者との関係性をつくる。こうした構造が、人間社会の根本ではないかと思います。もともと個人の所有物だったものを、あえて共有することによって新たな社会関係が芽生えるのですから。

所有と共有をリセットした近代革命

鷲田　近代革命の意義も、まさに所有と共有をめぐる流れとして理解できますね。要するに革命によって、所有をいったんリセットした。それまでは人間でも先行保有者優先の原則が働いていて、たとえば土地などは、先に見つけた者の所有物とされた。その積み重ねとして特権階級が生まれた。近代革命では、その旧体制を解体して、私的所有権を主張していいのはこれこれで、こういうルールに則ったらそれを認めるとした。ルールにもとづいて私有権を認めるという再設定をしたのが近代革命の本質ですね。

山極　再分配することで権威をきちんと広めた。

鷲田　というとすごくいい話に聞こえるけれども、それはヨーロッパの中だけに限った話で、実態は決してそんな綺麗ごとではない。彼らが新大陸に乗り込んだときには、それが強奪の形になる。先住民が暮らしているのにもかかわらず、自分たちが最初に見つけた土地だと主張して、勝手に国をつくったりする。ご都合主義な公共性だとは思いますよ。

山極　未開地に暮らす人たちは野蛮な風習を持っていて、白人と見れば襲ってくる。だから、そんな人たちには文明の光を当てなければならない。そこで宣教師を送り込んで、その土地を平等な社会につくり替えるというのが、植民地主義なわけです。私が小学生のころ読んだマンガ『少年ケニヤ』には「マウマウ団」という恐ろしい集団がいて、白人を追い出そうとしていると描かれていた。ところが、私が大学院生になってケニアに研究に行ってみると、現地の人たちにとってマウマウ団は、独立戦争を戦った英雄なんですね。彼らから見れば、白人というのはいかに理不尽な支配をしてきたか。

鷲田　アメリカでも先住民に対して、同じようなことが行われましたね。

山極　南米をスペインが支配したときも、同じようなやり方をしました。現地の人は人間ではないなどと言って、ひどい扱いをしている。逆に考えれば、それぐらいの格差をつけて区別しないと、自分たちの悪行を正当化することはできなかったんだと思います。

食と性をめぐる欲望と禁忌

山極　食の話に戻ると、前にも言いましたが、人間の食というのは、とても興味深い対象なんです。人間は原則として、みんなで集まって食事をするでしょう。テーブルを囲むこともあれば、鍋をつつくこともあり、あるいは銘々皿にとって食べることもある。ただし、いずれの場合でも共通しているのが、みんなの顔が見える状態で食べることです。

鷲田　食べ方や服装、食べる人の並び方などには、文化的な違いが反映されますね。

山極　もちろん、自然環境による違いも反映されています。魚しか捕れないところで肉を食べる便益が反映されることはありませんから。と同時に、文化の持っている独自性も如実に反映されている。格式とか人間関係とか男女の違いとか。どんな社会でも、エチケットやマナーにうるさいでしょう。食事というのは、人間関係やコミュニケーションの一つのあり方を表現していると思うのです。ということは、食べ方や料理の仕方はファッションにつながるのではないか。つまり、食材を集めてきて料理して食べるところまで、一連のストーリーとして成り立っているファッションということです。

鷲田　前章で「禁止」の話をしましたが、人間というのは、生物学的な欲求のタガが外れてしまって、欲求から欲望の世界にはみ出してしまった生き物ですよ。その欲望は実は、ストーリーつまり物語によってつくられます。だから僕らの性欲は、映像によっても喚起されるけれども、チンパンジーが、異性のサルの映像を見て欲情することなんてありえないでしょう。

山極　そんな話は聞いたことがありませんね（笑）。

鷲田　ましてや、インクの染みを見て興奮するなんて、一体人間はどうなってしまったんだと（笑）。何しろ実際の異性よりも、映像で見た異性とか、コミックに描かれた異性、あるいはポルノ小説に記された情景のほうが、はるかにディープな欲情を喚起することがある。

山極　フェティシズムなんかも、その類ですね。

鷲田　ゴリラやチンパンジーが、フェティシズムにふけるわけがない。彼らからすれば、人間はなんとアホなことをしているんだという話です（笑）。

山極　言われてみれば、アホというしかないですね。

鷲田　紙の上のインクの染みを見て欲情するなんて、アホちゃうかという話でしかない。これは欲求から欲望へと大きくシフトしたからであって、もしかすると文明とは、まさにこういうことじゃないかと。

山極　前にも言いましたが、多くの哺乳類にとって地上はキャンバスで、匂いでいろいろな他者を嗅ぎ分けます。その際には、そこに「いないもの」の存在を感知できるイマジネーションが本能的に働いている。

鷲田　視覚には見えないのに、他者の痕跡を嗅ぎつけるみたいな？

山極　ここに糞をしていったのは、こいつだと痕跡だけで他者の存在を感じる。これは視覚以外の感覚がもたらすものです。だから、自分の縄張りであることを示すためにマーキングする。ところが、我々は視覚に信頼を大きく寄せすぎてしまった。

鷲田　目に見えるものしか感じない、ということはすなわちリアリティがとても薄っぺらいものになってしまったわけだ。視覚に頼るしかないから、ディープな幻想をつくらないと興奮しない。なるほどなあ。

山極　それがまさにシンボルなんです。

プライベートとパブリックの逆転

鷲田　人間の欲望の中でも、最も強烈なのは食べることとセックスじゃないですか。禁忌がいちばん強くかかるのも、この二つですね。これに比べれば、服装のタブーなどたかが知れています。食のタブーに関してなら、人は本来何でも食べることができるけれども、食べてはいけないものがたくさんある。

山極　何度も言いますが、人間がおもしろいのは、食を公開して、性を秘匿したことです。人間以外の霊長類は、これと反対です。食は個人的な行動で、食べているところはお互いに見せ合わないようにしている。一方で、性は公にして、みんなの前でやります。これには理由があって、性は繁殖にかかわる行為ですから、誰と誰がペアになっているかというオス・メスの関係性は、前面に出して全員に知らしめておく必要があるわけです。でも食は個体維持だから、表に出す必要はない。

鷲田　個体維持と種の維持では隠すべきものが違うんだということですね。

山極　ところが人間では、これが逆転した。関係性を表す性を隠し、逆に食が、関係性を表すものとして公になった。性が関係性を表すことはわかっているけれども、それはイマジネーションの世界にとどめた。

鷲田　性の世界が種の維持という公的な意味から離れて、個人の欲望の充足に向かったからか。だからプライベートな意味になったわけですね。

山極　そうです。そして隠すことによって、プライベートが拡大したのでしょう。

鷲田　動物の世界にパブリックがあるかどうかは措《お》くとして、人間はプライベートとパブリックが逆転したのですね。

山極　そう考えると納得がいきますね。

鷲田　禁止のドライブが強くかかる食に関しては、食べることができるものはたくさんあるけれども、その中の一部しか食べない。カニバリズムになるから同種は絶対に食べないし、ライオンやキリンなども食べない。基本的には、住まいのすぐそばにいるものしか食べませんね。

山極　人間界からあまりに離れたものは食べませんね。

鷲田　せいぜいシカやウサギぐらいまでですか。セックスについても、近親相姦はしないし、オナニズムもよしとはされない。日本ではかつては異人さんを相手にするのもダメだった。

山極　そうなると中間層だけが、付き合える相手の候補になります。

鷲田　要するに同じ共同体に属する隣人だけなんですよ。その中で自分とは家系が異なる人、親族じゃない人で、コミュニティの中の人が相手になりうる。人間の場合は食も性も、対象が本能ではなく規則で規定されている。そのために動物とは、まったく異なるストーリーが発達したのです。

山極　しかも、おもしろいことに、そういうタブーをある程度共有する社会では、敵同士で女を交換したりしています。そうやって子孫を残すのです。敵の女を略奪してきて、妻にして、子どもを育てて、自分たちの戦士として送り出す。こうした行為が成り立っていた理由は、大きな意味で社会意識が同一だったということでしょうか。

鷲田　僕は癖でつい語源の話になるのですが、もしかすると、それは hospitality（ホスピタリティ）と hostility（ホスティリティ）の関係かもしれない。この二つは正反対じゃないですか。

山極　もてなす心と敵対心ですね。

鷲田　hospitality は客を温かく迎えることで、hostility は相手を敵としてみなすこと。けれども、語源は同じです。ホスペス hospes はラテン語で、ホストとゲストの両方を意味します。異邦からの客は見知らぬ物品や情報を持ってきてくれる大事な存在で、だから厚くもてなしますが、一方でしかし邪悪な意志を持った侵入者かもしれない。つまり敵（hostis）でもありうる。同じ語源から、迎え入れることと敵対すること、つまり正反対の状況を表す言葉になったんです。

山極　その二つをつなぐのも食ですね。融和、和解の席には必ず食事がつきものです。食事は非常にシンボリックな意味を持っているわけです。

鷲田　ただし毒味役がつくけどね（笑）。

山極　だから食事では、簡単に人も殺せるんですよ。

鷲田　毒味なんて、よくそんな命がけの職業があったものです。

山極　食事が自然の原型から離れて、食事をつくる人、供する人、食べる人と分化していった。これは食そのものを、他の人に対する信頼性を測るバロメーターとしたのだと考えられます。逆に言えば、人の信頼性を食に委ねたとも言える。だから宮廷の料理人は、必ず男だった。男が食を支配していた。

誕生と死に付随する儀式

鷲田　食が文化的な営みになるというのは、加工工程が加わるからです。生き物を切ったり捌《さば》いたり、さらには生では食べず、煮たり焼いたり蒸したりする。一方、言葉も自然の発声を一定の音韻体系に従って分節しなおし、再構造化させる。声の加工です。そしてそれが記号や概念としての働きもするようになる。

山極　おもしろいのはまさに加工のプロセスですね。食物自体を加工するのと同時に、食事を供するときには、いろいろなお皿や器、テーブルクロスなどで、食事の場を装飾するでしょう。これは個人が身にまとう装飾ではなくて、他人が使うものを演出して装っているわけです。ある社会的な場をつくるために、そういう道具立てをする。まさにそこは社交の場であり、主人がホストとして肉を切り分けたりする。

鷲田　そのパフォーマンスが意味するのは、再分配ですね。

山極　主人が料理の説明をしたり、他のパフォーマンスをすることもある。

鷲田　命の再生産にかかわる行為には、みんなそうして儀式が付随している。その究極が誕生と死で、赤ん坊が生まれたら、儀式をするでしょう。死ぬときにも装飾が施されて儀式が行われる。生命の根源的なところでは、我々は装飾、これは設《しつら》えと呼んでもよいのかもしれませんが、そういうことをするのです。

山極　近世までは、そうした社会的な形式がきちんと整えられていた。ところが今は食事の席などではかなりフランクというか、自由にやっている。ただ、今でも結婚式や葬式などの儀礼の席では、誰がどこに座るのかは厳密に決まっていますね。

鷲田　そうした儀式を司るのは男性なんです。皇室や官邸の食事の場も、取り仕切るのは男性でしょう。食事については、日常の食事をつくるのは女性なのに、公の席、儀礼的な場になると、すべて男性が執り行う。話はころっと変わりますが、僕はこの話と哲学が結びつくと考えているのですが、それは次章で。

山極　それは興味深い話ですね。

第八章　教養の本質とは何か

臨床哲学を捉え直す

鷲田　哲学は知の基本だと言われます。自然学から法学、医学に至るまであらゆる学問の根本にあるのが哲学。かつて哲学者といえば、世界の知恵を司る人、そんなイメージがありませんでしたか。

山極　たしかに哲学は学問の王様というイメージですね。

鷲田　ここで哲学と食を結びつけて考えてみたい。さっきの食の話に戻ると、日常の食は女性が仕切っています。一方で、男性が仕切るのは、儀式としての食だけなのです。日常の食卓がどうなっているかといえば、儀式の食事のように材料がきちんと用意されているわけではありません。女性に限った話ではありませんが、家事においては、冷蔵庫を開けて、残っている食材を見ながら、何をつくろうかと考える。食事の用意をしながら、同時に洗い物をしたり、子どもの面倒もちゃんとみている。このように家事としての調理は、非常に多義的なわけです。僕が提唱している臨床哲学とは、まさにこの家事の感覚であり、公の知の王様とはまったく異なる次元で哲学を捉えたいわけです。

山極　日常的な世界にまんべんなく目配りするようなイメージですか。

鷲田　格式張って理詰めで論理をぎゅーっと究めていくのではなくて、まわりに目配り、気配りしながら、ありあわせのものをうまく使って、全体や他者への心遣いをする。

山極　それこそ、まさに臨床の世界ですね。

鷲田　そういう知が、今求められているのではないかと思うのです。これまでの科学は、儀式の世界と言っていいのかもしれません。研ぎ澄まされた理論を構築して、ノーベル賞クラスのパラダイム変換を起こすような理論を精密化し洗練させていく。これを競い合うのが学問の世界です。けれども、その世界を突き詰めていった結果、一人で全部に対応するなんて当然できなくなった。

山極　おっしゃるとおり、学問の世界はどんどん専門的に分化し、さらに分化し続けています。

鷲田　世界がどんどん細分化されていった結果、知の儀式すべてを司るようなグレートシンカー（大思想家）みたいな人がいなくなってしまった。福島の原発事故のときに何が起こったか。当時の様相を振り返ってみてください。もしあのとき、知の世界を司る大学者がいたら、全体像を把握して、リスクに対してもう少し的確に対応できたのではないでしょうか。ところが原子力工学関係の研究者の中には、残念ながら全体に目配りできる人がいなかった。「私は放射線の専門家ですから」とか「私はシステム工学が専門で制御のところしかわかりません」などといった案配です。そこには全体像を俯瞰《ふかん》的に見ることのできる人物はいない。

山極　そう言われてみれば、確かにかなり危機的な状況ですね。

鷲田　これからの科学のあり方を考えると、たとえば原子力発電について決して専門家ではないけれども、考える材料をひと通り集めることができて、自分なりに仮説を立てて検証できるような人が必要です。Ph.D（博士）とは本来、そうした仮説検証の訓練を受けた人物のはずでしょう。だったら、たとえ自分の専門領域とは異なるテーマだったとしても、自分が身につけている仮説検証のスキルを、他のテーマに応用して市民と一緒に考える。これがこれからの科学者のあるべき姿ではないでしょうか。現場的教養とでもいうか、たとえるなら、あり合わせの食材を使って、食事をこしらえる「家事的な発想」ですね。

科学者は知者ではなく賢者に

山極　鷲田さんの話を聞いていると、科学の変化も食のあり方の変化と関連があるように思えます。最近の食事は、個食になっているでしょう。自分の好きなものを、好きなときに、好きな場所で食べる。だから食事だからといって、以前のようにあえて集まる必要もない。これは科学者が、自分の好きな領域にとどまって、外の世界に目を向けないのと同じ構図です。

鷲田　仲間の食欲に気を配ることがない。つまり総体として起こっていることには関心がないから、それを司ろうなどというモチベーションが起こるはずもない。

山極　科学全般がタコツボ化しているのは間違いありません。確かに専門性を究めようと思ったら、自分のテーマをどんどん深く掘り下げていくしかありませんし、その間は他のことに目を向ける余裕などないのでしょう。その結果、専門分野については深く知っているけれども、他のことは何もわからないという科学者ばかりが増えてしまったように思います。だから科学者が集まっても、熟議ができないわけです。この現況には強い危機感を覚えますね。

鷲田　状況を打開する役割は、大学が担う必要がありますね。

山極　サイエンスコミュニケーター、あるいはサイエンスエデュケーターを養成して、日本語の科学雑誌をきちんとつくる必要があると思います。そうしないと、科学に関するリテラシーがどんどん下がり、目立つトピックスだけに扇動されるような状況になってしまいます。

鷲田　サイエンスカフェ[*1]などは一〇年ぐらい前からありましたけれどね。ただ、その際にひとつ心しておくべきことは、啓蒙型になってはいけないということ。

山極　それは確かに、そのとおりですね。

鷲田　何もわからない素人さんに、難しいことをわかりやすく説明してあげてリテラシーを上げる。これが啓蒙型の考えでしょう。僕が先ほど「家事的な発想」で言いたかったのは、もはやこうした啓蒙型ではダメだということなんです。科学者は今や賢者ではなく、単なる知者にすぎない。特定分野について人より多くのことを知っているだけの存在です。そうではなく賢者とは本来、全体を、それこそ未来までを見通すことができる人物を意味します。原発についてなら、将来的な廃炉の方法から、そこに至るまでのコストまで含めた上で、推進するかどうかを考えられる人が賢者です。けれども今のサイエンティストは、みんな知者になってしまった。

山極　職人化しているわけです。専門性を突き詰めるあまり、まわりが見えなくなり専門馬鹿になっている。

鷲田　全体を見渡せない。でもPh.Dを持っているのだから、科学者として然《しか》るべきトレーニングは受けているはずです。だから、その能力を活用して、別のアマチュアと一緒に考えればいいのです。たとえば大学内の別の領域の科学者と協働して考えるといった活動があります。

一緒に考えてくれる人

山極 科学者が集まってチームを組むようなイメージですか。

鷲田 まさにそれです。今はごく普通の市民が、科学技術に対して大きな不安を抱いています。だから何かのテーマについて知りたいと思ったときに、一緒に考えてくれる科学者を求めている。この「一緒に考える」ことの重要性を言い出したのは、大阪大学教授（副学長）で科学哲学者の小林傳司《ただし》さんなんです。震災の後、大阪の人たちが原発事故について不安に思っているからと、彼が大阪大学の原子力関係や放射能医学の研究者たちに呼びかけて、一日がかりのシンポジウムを開催しました。

山極 それは初耳です。どんな話になったのですか。

＊1　サイエンスカフェ…科学者と一般人がカフェなどの小規模な場所で、科学について気軽に語り合う場。

鷲田　風評にかき回されないように、現時点で確実に言えることやわかっていることを市民にわかりやすく伝えるシンポジウムです。そのシンポジウムで最後に小林さんが、尋ねたんですね。「皆さんにとって、いい専門家とはどんな人ですか」と。そこで返ってきた答えが「一緒に考えてくれる人」でした。責任をとってくれる人でも、問題を解決してくれる人でもなかったことに注目すべきです。

山極　それは感動的な話ですね。問題は、我々研究者が、市民に寄り添っていないことなんですね。学問の自由というのは、考える自由、語る自由、表現する自由だと思うのです。その自由の中で専門性を突き詰めていくと、仲間だけの世界に没入してしまう。専門領域の中で語るのなら専門用語だけで通じるし、自分が属するコミュニティからも認められる。

鷲田　ジャーゴン（ある特定の専門家や仲間内だけで通じる言葉や言い回し）が通じるからね。日常言語に嚙み砕いて説明する必要がまったくなくて楽だし。

山極　さきほど日本の科学雑誌が必要だと言ったのは、ここにつながる話なんです。今は英語で論文を書けば、それで事足りてしまいます。その結果、自分が日本のコミュニティ、言い換えるなら日本語をしゃべるコミュニティの中で生きていることを忘れている。

鷲田　臨床哲学では、日本語で哲学を考えるように努めています。たとえば哲学では「存在」や「生成」などという用語を当たり前のように使っていて、それこそ「存在」なんて日常語でも使われています。けれども「存在」とはもともとbeingの翻訳です。哲学用語としてのbeingが入ってきたときに、日本語ではひと言で訳すことができなかった。beingに近いとはいえ「いる」と「ある」では、意味合いが違ってきますから。それで「存在」とか「有」と訳したんですが、日本人である限り「いる」と「ある」の使い分けを間違うことはありません。そこはきっちりと区別している。ところが「存在」や「有」ではその区別が消去されている。そこで、beingをもう一度、「いる」と「ある」のレベルまで戻って考えようというのが、臨床哲学なんです。

山極　ものを書いたり話したりするときには、必ず受け手を考えなければなりません。その相手として、ジャーナル（学術雑誌）のピア・レビュアー（論文審査をする学問分野の専門家）だけを想定しているのだとすれば、それは自己責任を果たしていることにならないのではないでしょうか。そんなことばかりしていると、自分が属しているコミュニティをどんどん狭めることになる。非常に親しい仲間とインターネットでは深くつながっているんだけれども、そこはほとんどが専門用語だけで通じるようなきわめて狭いコミュニティになっている。普段暮らしている生身の世界での生活実感が薄れていってしまい、頭の中に構築された虚構の世界の中で生きている。そんな気がしますね。

水平方向の家事型教養

鷲田　日本で教養というと、どこか高踏的じゃないですか。古今東西の古典に通じていたり、クラシック音楽を聴いたり、美術書のコレクションを持っているなどというのが教養のイメージでしょう。これに対して俗にまみれているのは野暮ったいみたいな。

山極　俗世を見下ろすような……。

鷲田　三木清[*2]なんかはそれをルサンチマン（憤り、怨恨の感情）だと言ったけれどね。俺は賢いのに、世の中では実権を持つことができないというルサンチマンの裏返しだと。だから、教養を身につけて上に向かうという感じかな。これに対して昭和に入ってからの教養は、京都学派が典型だけれど、世の中全体を見渡して、全体を掘り下げていく。ある意味、哲学をモデルにした根源に向かっていく下向きの教養が出てきました。要するに高みに上るのか、掘り下げていくのかという方向性ですね。

山極　未知の世界を探求しようとか、根本原理を追い求めようとか。掘り下げる教養というのは、そんな感じですね。

鷲田　ところが、今求められているのは、そのどちらでもない教養だと感じます。上下方向ではなく、水平方向に気を配る「知」ですね。たとえば原子力の問題を、家事的発想にもとづくならどのように考えるか。あり合わせの材料でまかなう、予算のことも頭の中に入っている、食の安全を考えながら、家族の様子にも気を配る。こういう家事の考え方を原発に当てはめるなら、予算はもとより、現状と将来のリスクから後始末まで見通す必要がある。これらを全方位的に水平方向に気を配ることができるのが、科学者の教養ではないかと思います。

山極　まさにそのとおりです。その背景には、ここ数年で知識のあり方が劇的に変化したことがある。昔は、知識といえば大半が人の頭の中にあった。

鷲田　その知識を伝えるのが書物だったり、あるいは弟子だったり。

山極　かつてはそういう人のつながりや、書物が知識を伝えてくれた。けれども、今や知識は、人の頭の中から出て、全部インターネットの中に入ってしまった。だから、教養とは頭の中に入れておくようなものではなく、インターネットに入れておけばいいと。

＊2　三木清…京都学派の哲学者（一八九七〜一九四五年）。西田幾多郎に師事する。

鷲田　アーカイブになっているから、必要なときは、いつでも検索さえすれば取り出せますからね。

山極　そんなものをあえて積極的に取り込む必要はないわけです。キーワード検索の方法さえ知っていれば事足りる。そこで逆に「知恵」の重要性が浮き彫りになってきた。いちばん大切なのは、自分が今生きることですから、生きるための知恵が必要になる。まさに鷲田さんがおっしゃるような臨床哲学的な知恵が、何より欠かせないものとして浮かび上がってきた。

鷲田　自分はどこへ行こうとしているのか、自分はどうすればいいのかといった指針ですね。そういうものを誰が教えてくれるのか。

山極　コミュニティが希薄になり、個人がコミュニティから疎外されるようになっていきます。個人化が進んでいる一方で、ネット社会の中では個人の存在がどんどん希薄になっている。

鷲田　ネット社会は、基本的に匿名性の社会ですからね。いつでも出入り自由だし。

山極　ネットは参加しやすく、そこから抜けるのも簡単です。変更可能というか、自分と他者を区別するものが何もない。つまり、ネットの中には、自分が自分として認められる場所がないわけです。そのことが、多くの人を漠然とした不安に駆り立てているのではないでしょうか。

鷲田 要するに、今の世の中はわからないものだらけじゃないですか。科学の世界だけでなく、社会情勢も、時代の流れも、本当に複雑さを増してきている。何が決定要因なのかわからない状況の中で、不確定要因の相互作用みたいなものだけで、物事が決まっていく。こういう複雑性を増す社会の中で生きていくには、「ここを押さえておかないといけない」とか「ここらあたりが勘所や」とか「こっちに行くとやばい」などというアタリをつける感覚が非常に重要になってくる。

山極 まさにセンスですね。そういうセンスをある程度まできちんと高めていく装置として、本来なら教育が機能していたはずなんですが。

鷲田 ところが、今の中等教育や高等教育では、センスなんて芸術家や職人の世界に必要なものぐらいの認識で、ごそっと抜け落ちていますよ。ここに今の学問の危うさを感じずにいられませんね。

山極 「良い・悪い」の世界から「好き・嫌い」に変わってしまったのですよ。良い・悪いの世界では、ルールを認識できます。従ってルールを守ることで逆に自分のセンスのままに動くことができた。つまりルールが確かな拠り所となっていたわけです。ところが、良い・悪いを管理する社会から、今は好き・嫌い、つまり自分のセンスを管理される社会になってしまった。「あなたが好きなものはこれです」と先回りして言われるわけですから。

鷲田　なかなか怖い社会ですね。

直観力を鍛える

山極　そこで、私の先生の言葉を思い出します。今西錦司[*3]さんがいつも語っていたのは「直観力」の大切さでした。

鷲田　今西さんから、直接教わった世代ですか。

山極　いや直接の先生は伊谷《いたに》純一郎[*4]さんで、伊谷さんの先生が今西さんです。だから孫弟子の関係ですね。

鷲田　今西さんがいう直観力とは、どのようなものでしょう。

山極　まず直観力がなければ、学問はできないんだとおっしゃっていました。論理だけをいくら考え出してもダメで、何かの現象に出会ったときに「これだ！」と閃《ひらめ》かなければ学問にはならない。そういうセンスは、自然の中で鍛えられるというのが、今西流の考え方です。

鷲田　直観力を鍛えておかないと、判断力が身につかないわけですね。でも、直観力を鍛えるといっても、具体的にどうすればいいのか。

山極　いちばんいいのは山に行くことです。山に行くと、突然危機が訪れることがある。そんなときに理屈で動いていては手遅れになる。「今、ここだ！」と瞬間的に判断して跳ばなければならない。それが生死を分ける。そんな瞬間が自然の中にいると、何度もやってきます。そこで直観力が鍛えられる。

鷲田　一種の極限状態に身をおくことで、磨かれる能力ということですね。

山極　そうした経験の積み重ねが、自然科学を突き詰めるために必要なセンスになる。だから伊谷さんもフィールドワークに出るときには、なるべく小部隊の編成を心がけていら

＊3　今西錦司《きんじ》…生態学者、文化人類学者、登山家（一九〇二～九二年）。京都大学名誉教授。日本の霊長類研究の創始者。棲み分け理論に基づく新しい進化論を提唱。

＊4　伊谷純一郎…霊長類学者（一九二六～二〇〇一年）。京都大学名誉教授。今西錦司の跡を継ぎ、日本の霊長類研究を世界最高水準のものとした。

した。個人として自然と向き合うためには、大人数の部隊で出かけてはだめなんです。

鷲田　けれども、そんな経験を積める場所も機会も、今はありませんね。

山極　そこが問題なんですよ。常時ネットにつながっている状態だから、自分が自分でなくなっている。自分で何か見つけたとしても、それを自分で判断するのではなく、ネットでつながっている仲間に報告する。そんなことをしていたら、自分の体験としての直観力を鍛えることなどできるはずがない。他者と共有することだけを考えていて、自分という主体が失われているわけですから。

鷲田　そんな現状を危惧しますね。

一方で、人間の文化は共有や同調などのつながりの中に芽がある。

山極　インターネットによって、もともと共有できなかったものを共有できるようになり、新しい社会関係が生まれた。それが今の状況だと思うのです。そうなると今度は、新たなバーチャルな社会関係が第一義的になってしまい、そのバーチャルな社会関係によって自分がつくられる状況に変化してしまっている。本来は生ものだった社会関係が、目に見えないバーチャルなものになり始めた。ここに危機を感じます。なぜなら人間は視覚によって事実を認識する動物なので、視覚をバーチャルに移し替えると、今度はバーチャルな社会がリアリティを持って自分に迫ってくる。そんな方向性への変化に危機を覚えますね。

「学者馬鹿」が社会の危機を救う

鷲田　先ほど科学者の教養について、全体への目配りが必要だという話をしましたが、それは、もう一つ大切なものを守るためでもあります。それは「学者馬鹿」です。

山極　効率主義の対極にいる存在としてですか。

鷲田　これをやれば何年後には、こんな成果があるとか、これの先には、こんな経済効果が見込めるとか。今はそういう目先の効用にとらわれがちだけれども、そういう効用をまったく無視して「おもろい！」だけで科学する研究者がいる。研究のために一〇〇万匹もクラゲを獲り続けた結果ノーベル賞を取った下村脩《おさむ》さんがそうだし、iPS細胞ができるまで延々と失敗を重ねてきた山中伸弥さんもそうでしょう。

山極　青色LEDでノーベル賞を取った赤崎勇さんももともとは誰もできないことを実現したいという動機に突き動かされていた。

鷲田　人文系でもいるじゃないですか。今どきサンスクリットの古代文献を緻密に分析して、一体何になるのかと言われながらも我関せずで、ひたすら古代文字を読んでいるような研究者。あるいは生涯を、漢字の起源に捧げた白川静《しずか》さんのような学者もいます。

山極　彼らは、自分の研究が何かの役に立つと感じたのは、大きなブレークスルーを起こしてからでしょうね。

鷲田　そもそも、何かの役に立てようという発想がないでしょう。彼らを突き動かしているのは、知りたいという純粋な欲求だけです。けれども、回り回って、その研究が結果的に何かの拍子で役に立つこともある。もちろん本人にとっては役に立つかどうかなんてどうでもいいことなんです。

山極　言ってみれば、究極の変人と言えないこともない（笑）。

鷲田　明らかにそうですよ。全体のコンテクストなど何も考えない、言い方を変えるなら全体に目配りすることもできない。水平型の教養人という意味では、教養のない人というしかないかもしれない。けれども、あえて今、そういう人物が存在することの重要性を強調したい。五〇年後あるいは一〇〇年後の社会が危機に陥ったときに、彼らがすごいオルタナティブ（代案）を提供してくれる可能性がありますから。

山極　その可能性は、確かにありますね。

鷲田　古代ギリシアの政治制度を、古代ギリシア語で研究している学者なんて、日本でもほんとにひと握りでしょう。けれども、今の社会が将来逼迫《ひっぱく》したときに、かつてギリシアには、こんなデモクラシーがあったと提示してくれて、それがヒントになって問題が解決するかもしれない。これこそがアカデミズムの財産ではないでしょうか。

山極　ひと昔前にはそれほど意味を感じなかった学問が、時代を経て新たな意味を持って立ち上がってくることは、確かにありますね。僕らもサル学なんかやって何の役に立つんだとか、サルの世界にまで遡って人間性を考える意味は何なんだなどと、ずっと言われ続けてきましたから（笑）。

鷲田　それこそひたすらサルの糞の分析をしたり、一日中ゴリラの横に座ってたりしてね（笑）。

山極　実際、僕はサルの糞を二万個近く洗いましたからね。けれども、今明らかに、人類の歴史の範囲が広がってきたことを感じますね。以前なら人類の歴史といっても四大文明以降の歴史ぐらいしか対象にならなかったのが、ホモ・サピエンス全史ぐらいまでを考えようと言い始めた。これだと二〇〇万年史ですよ。さらにチンパンジーやゴリラまで遡るなら、一〇〇〇万年史になりますから。

鷲田　そこまで立ち返って考える必要が出てきたわけですね。

山極　人間性とは何か、どうやってつくられてきたのかを突き詰めていくと、生物としての人間にまで遡る必要がある。サル学がようやく学問として認められた。そのおかげで、哲学者の鷲田先生のような方と私もこうしてサシでお話しできるようになった（笑）。

鷲田　何を今さら大層なことを。もう二〇年以上も前から、一緒にやっているじゃありませんか（笑）。

山極　アフリカに「青い鳥を追いかける少年」の伝え話があります。この話が私は好きなんです。

鷲田　ほう。どういう話ですか。

山極　ある村にいた少年が、幸せの象徴となる青い鳥を見かけた。青い鳥が幸福のシンボルであることは、村人みんなが知っています。だから、少年が青い鳥を追いかけるのを応援するのです。少年は一生かけて追いかけ続けて、結局は捕まえることができずに死んでしまいます。けれども、その間、村人たちはみんな少年を温かく見守る。少年もある意味、専門馬鹿ですよね。ただ、専門馬鹿なりの矜持《きょうじ》はあって、現世的な欲求は一切追い求めない。科学の本来のあり方も、そうだと思うんです。ところが、今の科学はビジネスと結びついて、挙句には巨大な軍事産業ともつながったりしますから。

第九章　ＡＩ時代の身体性

科学者の矜持

鷲田　軍事産業といえば、山極さんも会員の日本学術会議*1では科学技術の軍事転用が議論されましたね。

山極　私も委員会に参加しましたが、軍事にも民生用にも利用できるデュアルユースや公開性、留学生の参加の是非などをめぐって、毎回過熱した討論が繰り広げられました。元はと言えば、資本主義と自然科学が、どこかで強力に手を結んでしまったことが、問題の始まりです。その資本主義とは右肩上がりの経済が基本です。そうじゃないと資本が回転しませんから。となると生産と消費が連鎖的に回り続けなければならない。だから、近代科学はその連鎖をサポートするような新たな発見、発明に取り組んできた。

鷲田　テクノロジーの根源にかかわる問題ですね。学問も、この人にしかできない職人仕事では通用しなくなった。テクノロジーは、方法論さえ踏まえるなら、誰でも参加できるという、ある意味、科学の民主主義みたいなところがあるから。

山極　その結果、みんなの夢を一身に背負って、科学者としての矜持を保ちながら夢を追い求めるような学問が、とても貶《おとし》められてしまった。そんなもの、何の役にも立たないじゃないかというわけです。社会の役に立つことこそが、科学の存在意義であると、そんなふうに定義が変わってしまった。ただ、その基準だけで考えると、鷲田さんが言うような一〇〇年先の未来を見据えることはできません。

鷲田　学者の矜持については、カント[*2]が「知性の公共的使用」ということを言っています。知性というのは、たまたま自分に与えられたタレントでしょう。それを私的に使ってはいかんというのが、カントの主張です。ここから先が意味の深いところで、カントは、自分にあてがわれた地位や立場に従って、それに忠実にものを考えるのも駄目だというのです。カントに言わせれば、それは私的利用にすぎないのであり、そうではなくて人類の知性は人類のために使わなければならないのだと。特定の組織のために、自分の知性を使うことを無批判的だと批判するのです。

＊1　日本学術会議…科学が文化国家の基礎であるという確信の下、行政、産業及び国民生活に科学を反映、浸透させることを目的として、一九四九年一月、内閣総理大臣の所轄の下、政府から独立して職務を行う「特別の機関」として設立された。

＊2　イマヌエル・カント…プロイセン王国（現ドイツ）の哲学者（一七二四〜一八〇四年）。『純粋理性批判』『実践理性批判』『判断力批判』の三批判書を発表し、批判哲学を確立。

山極　よくわかります。けれども現実問題として、そこまでの覚悟を持っている科学者が、今どれぐらいいることか。

鷲田　私的なことに自分の知性を絶対に使わないことが、科学者の矜持につながるのです。これに関してもう一つ思い出すのが科学者に対する信頼性に絡む話で、ある火山学者についての逸話です。彼は、ある火山の噴火予知の研究に携わっていたんだけれども、結果的には予知に失敗してしまいます。それでも地元の人たちの信頼がまったく揺るがなかったのです。

山極　普通なら非難されて当然のように思えますが、不思議ですね。どうしてですか。

鷲田　なぜなら地元の人はみんな、その研究者が盆も正月もなく、毎日火口を見にいっていたことを知っているからです。それだけしてくれたんなら、もう十分じゃないかと。彼も自分のために自分の知性を決して使ってはいない。住民たちのことを考えるからこそ、正月でも酒も飲まずに火口を見にいっていたわけです。

山極　なるほど科学者としての姿勢の問題ですね。住民との関係性を、行動で表現するという。それが科学者の矜持なんだと思います。

鷲田　かつてはね、経済人にも矜持がありました。今では自分の組織の生き残りしか考えていないけれど、たとえば、渋沢栄一[*3]のような人物は違ったでしょう。彼は、自分の会社の利益や、個人的な収入など眼中になかった。放っておくと西洋列強から取り残されかねない日本を憂慮し、世界情勢の中で日本が生き残っていくためには、どんな産業が必要なのかと、それだけを考えてひたすら行動した。その結果、何百という会社を興したわけです。

山極　当時の日本の状況を踏まえて、今は銀行が必要だとか、鉄道が必要だという発想ですね。確かに自らの知性を、まったく私的には使っていません。その孫の渋沢敬三[*4]さんは、実は日本の民俗学と霊長類学の父なんです。

鷲田　民芸だけでなく、霊長類学も、渋沢敬三ですか。

山極　日本モンキーセンターをつくったのは、渋沢敬三さんですからね。後に名鉄（名古

＊3　渋沢栄一…明治・大正期の実業家（一八四〇～一九三一年）。大蔵省に出仕後、第一国立銀行を設立。「日本資本主義の父」と言われる。

＊4　渋沢敬三…財界人、民俗学者、第一六代日本銀行総裁、大蔵大臣（一八九六～一九六三年）。渋沢栄一の孫。

屋鉄道）の会長となった土川元夫専務と話をつけて、今西さんや伊谷さん、河合雅雄[*5]さんのアイデアを取り入れてモンキーセンターはつくられました。伊谷さんたち若い研究者は、渋沢さんからずっとかわいがられていました。

鷲田　いい話ですね。

山極　渋沢さんは、伊谷さんのような研究者が好きだったんでしょう。伊谷さんが訪ねていくと、少しサルの話を聞いては美味しいものを食べに連れていってくれたそうです。

気前よく解き放つ

鷲田　そうした気前のよさについてですが、自由には free の他にもう一つ、liberal（リベラル）という言葉があるでしょう。この liberal の第一の意味が「気前のよいこと」なんです。ほとんどの辞書で、自由は liberal の下位の意味ですよ。「たっぷりある」ことも上位にきます。

山極　富があるということですか。

鷲田　いや、富に限らず、です。お酒でもなんでも、たっぷりあること。語源をたどればラテン語の libero で、これは解き放つことを意味します。

山極　そうか、まさに個人的所有を解き放って共有にするということですね。

鷲田　liberal の意味を初めて知ったときは、ショックでした。仮にも学者を名乗っていて、五〇歳を過ぎるまで「気前がいい」とは知らなかった。それこそ中学生のころからずっと、「liberal＝自由な」と思い込んでいたわけです。

山極　いや、それは僕も同じですよ。

鷲田　名詞が二つあってね、liberty（リバティ）と liberality（リベラルティ）、それに気づいたときに何かおかしいなと思ったの。liberality は、気前のよいこと。だから例文を見たら「He is liberal of his money」とあって、「あいつは気前がいい」という意味と書いてある。あやうく逆の意味にとるところでした。

山極　お金に関して自由である、つまり金が自由になるわけではないのですね。

鷲田　まったく逆で、金離れがよいというわけです。これは恥ずかしかったけれど、大阪

＊5　河合雅雄…霊長類学者、児童文学作家（一九二四年〜）。京大動物学科卒。日本モンキーセンター研究員を経て京大霊長類研究所教授、所長、モンキーセンター所長。今西錦司門下。

大学総長のときにある講演で話したら、法学部の先生があとからやってきて「僕も自由主義の研究をしていますが、liberal にそんな意味があるとは知りませんでした」と言ってくれました。それでちょっとホッとしたというか。

山極　僕も恥ずかしながら知らなかったです。でも、イスラム教でも自分が稼いだ金の何割かは、必ず施しに回しなさいという強烈な倫理がありますからね。

鷲田　今でも心ある起業家は、収益を一パーセント寄付するようなルールをつくっているでしょう。そこで学問の自由に戻ると、大切なのは自分の知性に関して気前よくすることなんですよ。

山極　その意味では教育は贈与として捉えるべきですね。見返りなどは一切求めずに。

鷲田　見返りどころか、わかってくれなくてもかまわない。

山極　だから、目の前に人参ぶら下げて走らせたりするのはおかしいんです。

鷲田　金で釣るなんて、もってのほか。

山極　成果主義とは、要するに金で釣るわけです。文部科学省は、どういう人材を育てたいのか、成果を指標で示せなんて言いますが、本来贈与なんですから、成果なんて関係ないわけですよ。もちろん、期待はしますよ。その期待に応えようとすることが、学問の世界での自分の責任を全うすることになると思います。ただ、それを学生たちが感じてくれるかどうかは、彼らに委ねるしかありません。贈与されたことによって、自分も社会に対して贈与しようという気持ちになってくれればいいけれど、それは強制するものではないでしょう。

教育は投資なのか

鷲田　結局、教育を投資と考えるから間違うのです。国が大学に対して行うのは投資、個人が授業料を払うのも自分に対する投資という具合にね。大学を出て卒業証書をもらったら、いい会社に入れることが見返りだと考えてしまう。教育から投資という概念を外さないといけません。

山極　投資と権利というのが前面に出ちゃったわけです。日本の大学は八割近くが私立大学で、そこは入学金と授業料で経営しているから、サービスが重要な訴求ポイントになる。これだけのお金を払ったら、そのお金に見合うだけの教育サービスを提供することが、大学の役割だという話になってしまう。

鷲田　私立大学と国公立大学では、状況がまったく違いますからね。

山極　国公立大学は税金が投入されているから、授業料をこんなに安くできる。私立大学との明らかな格差に対して、国公立大学はどれだけ違うことをしているのかを国民に示していますか、というわけです。国立大学が安いといっても、一九六〇年代と比べれば授業料など五〇倍以上になっているんですけれど。

鷲田　確かに、今は昔ほどの差はありませんよね。

山極　ただ間違ってはならないのは、教育というのは、対価に応じて、個々人が求めるものを供与するシステムではないということです。教育は、教員と学生の共同作業です。お互いのコミュニケーションを通じて、何かを一緒につくっていく。そのための場を提供するのが大学です。だから学生に対して、こうなってほしいと期待はかけるかもしれないけれど、こうあらねばならぬと強制はしない。これが我々、大学人の矜持ですね。

鷲田　とはいえ、学生の側からすれば、受け取り方は異なるのではありませんか。

山極　学生に対しては、大学を離れて一人の社会人となったときに、自分がどういう期待を受けて育ったのかを自覚してほしいと思いますけれどね。

鷲田　ただ、学生の立場で考えれば、がんばって勉強したら、どんないいことがあるのか。そんな発想についつい傾いてしまいますね。

山極　それはよくない傾向だと思います。そうした流れの延長線上として幼いころからの英才教育が、ここ最近特別視されるようになってきました。特に二〇二〇年の東京オリンピックに向けた選手育成に力を入れ始めたことも影響しているようです。スポーツの世界はある意味単純で、小さいころに見いだした能力を可能な限り伸ばすことに邁進するわけです。これは音楽家の教育と似ています。ところが学問の世界では、そんなに幼いころから能力を見いだせるものではありません。

鷲田　学問の世界では何がきっかけとなるか、その結果としてどう転ぶかなんてわかりませんからね。

山極　何かの拍子で花開くことがあれば、続けているうちに年齢に関係なく成果が出てくることもある。まったく違う分野に転進することで、開花するケースもあります。そういう学問の才能を、スポーツと一緒にしてはいけないわけですよ。幼い間に才能を見つけて伸ばそうとしても、それがイノベーションにつながることなどない。そこは考え直してもらわないと。

才能の育成と評価

鷲田　才能を育てるといえば、科研費*6の問題があるじゃないですか。僕は昔、文科省で、科研費の申請はこれから計画書なしで受け容れることにしませんか、と提案して一笑に付されたことがあります。

山極　それはまた大胆な提案を。役人はひっくり返ったでしょう（笑）。

鷲田　これまでによい仕事をした人を見つけて、五年間好き放題にさせて、五年後に評価だけはきちんとやりましょうと提案したんです。もちろん評価が低ければ、次に応募する権利を一定期間失うという条件はつけましたよ。稲盛財団やサントリー文化財団が出してくれる助成金は、申請書といってもA４用紙数枚ほどじゃないですか。それで何に使ってもかまわない。研究助成とは、本来こうあるべきだと思うのです。

山極　それにはちょっと異論があります。過去の業績に則って判断するだけだと、未来の可能性の芽を摘んでしまう恐れがあるでしょう。なかなか芽が出なくても、こいつはいずれやるぞ、という才能をどこで判断するのか。そのためには、ある程度研究に対する計画は必要だと思います。とはいえ、成果を報告書を通じて評価するシステムにすると、最初の目標がどんどん下がってきますけれど（笑）。

鷲田　目標達成率を最終の成果と考えるなら、どうしても最初はハードルを下げたくなるのが、人間の性《さが》ですね。

山極　フィージビリティ（実現可能性）が最初の段階で問われる場合、先の見えない段階ではあまり無茶なことは言わなくなりますよ。だから五年間は好きにやっていいし、評価についても最初に立てた基準によるのではなく、五年間の成果に絞って評価するようにすれば、計画書づくりに奔走しなくてもいいと思いますね。

英語化、国際化にモノ申す

鷲田　論文に関して僕は大学院生のときに、先生にこっぴどく怒られたことがあります。どうして怒られたかというと、一年に論文を二本書いたんです。早く業績を上げたいし、

＊6　科研費…科学研究費助成事業。人文・社会科学から自然科学まですべての分野にわたり、基礎から応用までのあらゆる「学術研究」（研究者の自由な発想にもとづく研究）を格段に発展させることを目的とする「競争的研究資金」で、ピア・レビューによる審査を経て、独創的・先駆的な研究に対する助成を行う。

知りたいこと、書きたいことが山ほどあったから。そしたら先生に、本気で考え抜いているなら、一年に一本書けたら上出来やと言われた。論文を書いて怒られたのは、あのときが初めてでした。

山極　僕は逆の指導をすることもありますね（笑）。今求められているのは論文の数だから、一本の論文を分けたら二本になるじゃないかなんて。ジャーナルの場合、受け取ってもらうためには長々と論文を書いてもダメなんです。論点が明確なら、短いほうがよい。特に自然科学系では、ジャーナルに掲載されないと、学位論文すら認められないことがあるからと、ついそんなサジェッションをしてしまうのだけれど。これが文系だと違いますよね。以前聞いた話ですが、京大文学部の学位論文は、まず縦において倒れないぐらいじゃないと受理されなかったそうですね。要するにそれぐらい分厚くないとダメだと。

鷲田　僕は文学部にいる間に、博士号を持った先生に習ったことがないんです。僕の先生も助教授も、博士号なんて取っていません。その理由がふるっているんです。先生はカントが専門で「オレが日本でいちばんカントのことをわかっているんや。そのオレが論文を出したら、一体誰が審査するんや」と真顔で言ってましたから。

山極　それはすごい話ですね。

鷲田　そういう空気の中で育ちましたからね。誰も博士号なんて取らない。もちろん、今そんなことを言って博士号を持っていなかったら、就職の際に書類審査ではねられますけれど。

山極　僕がかなり疑問を感じていることがあるんです。今、盛んに英語化だ、国際化だと言ってくるじゃないですか。これだけノーベル賞をたくさん取っていて、日本の学問レベルは世界的になっているにもかかわらずです。一言目にはハーバードやイェール、オックスブリッジなどの経営方針を学べとか、どこかの大学をベンチマークにして、教育・研究・経営をやるようにと指導してくる。ある面そういうこともわかりますが、日本の教育・研究の質の高さにもう少し自信を持つべきです。明治時代には、京大も東大も教師の多くは外国人だった。そういう状態からスタートして、ここまで来たのです。ともかく日本は文明開化をして、ヨーロッパの学問に門戸を開いて、それから日本人の学者を育てて、学会をつくってやってきた。用語もすべて日本語化して、日本の言葉で新しい理論をつくるところまできた。その一つの頂点が、一九四九年に日本人として初めてノーベル賞を取った湯川秀樹さんです。湯川さんは英語ではなく、日本語で考えて受賞した。

鷲田　日本人はノーベル賞だけでなく、数学分野でフィールズ賞も取ってきましたからね。

人間のセンサーは衰えているのか

山極　最後にセンサーに関する話をしたいのですが、鷲田さんは、今後ＡＩ（人工知能）が進化しても人間のセンサーについて心配する必要はないとおっしゃっていたでしょう。

鷲田　ＡＩが進化して、それが原因で事故が起きたときに、誰が責任をとるのかという問題はありますよ。それに関しては、危ういことがいろいろあると思うけれど、ただ、僕がちょっと楽観的に考えているのは、人間の歴史を踏まえての話です。

山極　人間の歴史というと、技術進化ということですか。

鷲田　人間は、いろいろな装置を開発することで、本来身体に備わっている能力を代替してきたと思うんです。それによって別の能力を開発してきたというか。

山極　なるほど、口なんかは、その典型ですね。

鷲田　でしょう。手を自由に使えるようになり、口が物をつかむ機能から解放されることで、話すという新たな能力が開発されました。ちょっと時代は飛ぶけれども、図書館ができたことで記憶能力は落ちたけれども、創造力が高まった。計算機の発明も同じです。結局、人間の知的能力やセンサーは、それまで担っていた責務を外されると、また新たな能力として使われるようになる。そんな人類史を踏まえるなら、ＡＩが進化したとしても悲観的になる必要はないのではないか。まあ、パソコンで文字を打つようになってから、字を書けなくなったようなことも起こっていますが（笑）。

山極　ＡＩに関して言えば、情報処理能力だけは、人間より圧倒的に優れています。けれども、人間のセンサー機能を代替することはできない。そもそも人間のセンサーに関しては、これが情報を処理していることは間違いないけれど、そのメカニズムはいまだによくわからない。第五章で九カ月革命の話をしたけれど、そのころから赤ん坊は、両親の考えていることを察知して動き出すわけです。けれども、赤ん坊がどうやって察知しているのか、どういう情報を捉えているのかなんてはっきりわからない。

鷲田　そりゃそうでしょうね。

山極　人間が生きるために、いちばん大切なのが関係性なんですね。そして関係性を知る手がかりは、仲間が何を考えているのか、自分に対して何を望んでいるのかを知ること。これこそがまさにセンサーではないでしょうか。その上で、仲間の意向について、自分がどう考えるのか。仲間を察知しながら、その行動を規制し、それを前提として自分の行動も規制する。そんなやり取りをしているわけです。

鷲田　そのやり取りにはきりがないですね。けれども、それが人間の行動を本質的に決定している。

山極　それをＡＩが代替できるかといえば、おそらくできない。情報が不正確だとＡＩでは対処できないからです。対処するためには、人間が情報を定義してＡＩに送り込んでやらなければならないけれど、人間自身が、自分がどのように情報をキャッチしているのかわかっていない。だからＡＩに埋め込みようがないわけです。

鷲田　コンピュータがみずからデータを解析し学習するという、あのディープラーニングにしても、そのレベルなんですか。

山極　情報処理をどんどん深く掘り下げていくと、ある結論が浮かび上がってくるのは確かです。けれども人間は、そんな思考パターンをしているわけではありません。だから、第八章で述べた直観力が非常に重要なわけです、直観力はＡＩにはないはずで、これが決め手ではないでしょうか。

鷲田　一〇〇パーセント同意します。でも、だからこそＡＩが進化したらどうなると、あまり悲観的に考える必要はないと思いますね。人間の道具使用はずっとそうだったわけで、道具を使って人間の身体能力を代替して、負担を軽くしてきた。それがＡＩは身体能力ではなくて、知的能力だから心配しているんだろうけれど。ただ、コンピュータが出始めたころから思っています。人間はもっとふてぶてしいということです。

山極　心地よさのような感覚については、結局、身体性に戻りますからね。

鷲田　まさにそのとおりで、心地よい感覚として味覚の歴史を考えてみましょう。人間というのはどんどん美味しいものを求めるようになり、煮たり焼いたりするようになった。それにつれて味覚もきわめて繊細な区別をするようになった。その結果、甘い辛いより、苦いもの、酸っぱいもののほうが高級だということになり、ついには腐ったものがいちばんだということにもなる。そこまで行き着いてから、最後はまた「生」に戻るというね。

山極　確かに、生《き》のものが一番ですね。

鷲田　何ごとにおいても、そうしたサイクルを繰り返しているのではないですか。自動車なんかでも、これからは自動運転だと言われている一方で、去年ぐらいからスポーツカーブームが起こっています。ギリギリまで全部自動で運転してもらう一方で、自分で運転する喜びが復活する。

山極　所有とコントロールの問題は絡み合うんですね。要するに自分が所有できないものはコントロールしたい。欧米では男性が女性を所有する社会をつくってきたけれども、女性だって意志があるから、完全に所有することはできない。そこで女性をコントロールする。そのために事細かに社会制度を整備してきた。これは人間が捨てきれない欲望だと思います。けれども、それでも不確定性があったほうが、意欲が湧くんですよ。

鷲田 人間は、他者を支配しようと思い、支配度を高めるためにテクノロジーが開発されてきたけれども、全部支配できるようになるとおもしろくなくなる。恋愛でも同じでしょう。あの人を自分のものにしたいと思って、多大な努力を払うのに、いったん自分のものとなると途端につまらなくなる。

山極 いやあ、まさに。

鷲田 意のままにしたいという欲望がものすごく強烈で、なのに意のままになったら腑抜けのようになって関心を失ってしまう。ほんとうは意のままにならないものがおもしろいんですね。これまでのファッションや味覚の話、家族の話もそうでしたが、人類の文化はそういう意味で遠大な無意味、ないしは不条理を糧にしているのかもしれませんね。考えれば考えるほど謎は深い。

おわりに

京都大学第二六代の総長に就任したとき、座右の銘はと聞かれて、「ゴリラのように泰然自若」と答えた。就任後すぐに、「大学は世界や社会に通じる窓」であるべきだと考え、京都大学の将来構想としてＷＩＮＤＯＷという標語を掲げた。ＷＩＮＤＯＷのアルファベットのそれぞれに指針をつくった。最初のＷはWild and Wise（野生的で賢い）である。京大生は賢いだけでなく、もっと野生的でなければならないという思いからだ。このように、人々があきれるほど私は野生のゴリラに影響を受けている。総長になる前に四〇年近く毎年アフリカに通ってゴリラの調査研究に励んできたからでもあるが、これまで経験したことのない大学経営に私が望まれていることは「野生の風」を吹き込むことだと感じたからである。経済優先の論理に閉じ込められようとしている大学に、野生の思考を提示し、大学本来の自由な発想を沸き立たせることこそ、唯一私のできることではないかと思う。

本書のタイトルは、レヴィ＝ストロースの名著『野生の思考』に「都市」をつけ足したが、その都市の思考を代表する哲学者の鷲田さんは京都生まれで京都育ちである。東京の辺境で育ち、一八歳のときに京都の大学に入学した私とは対極的な立場にある。育った場所だけでなく、京都での体験がまるで違う（と思う）。二歳年下の私は、鷲田さんとほぼ同じ時代を京都大学で学生として過ごしたことになるのだが、鷲田さんのいた文学部と私のいた理学部は今出川通を国境とするかのように、文化が大きく異なっていた。講義やゼミといった座学を中心とする文学部の学生は本に囲まれて暮らす。一方、私たちはキャンパスを出て野山に遊び、収集物を持ち帰ってはその話題に打ち興じる日々を送っていた。理論にこだわるか、物にこだわるかという違いである。おのずとそこに、世界を見る基本的な心構えの違いが形成される。もっとも、研究者になってから、鷲田さんは現象にこだわりだして臨床哲学に、私は理論にこだわりだして家族の起源という社会的な課題に向かうようになったので、少しは互いの世界やテーマに重なる部分が出てきたと思う。鷲田さんに初めてお会いしたのは一九九〇年代の初めごろで、たしか国立民族学博物館の研究会でご一緒したときだった。『モードの迷宮』（ちくま学芸文庫）というご著書をいただき、こんなことを考えている哲学者がいるんだとびっくりした記憶がある。それから、鷲田さんの主宰するいくつかの研究会に呼んでいただき、その知識の深さと関心の広さに大きな刺激を受けた。しかも、鷲田さんの話のなかにはいつもいくつかの企みと笑いが潜んでいて、思わず惹きつけられてしまう。されば、鷲田さんが知らないことを言ってびっくりさせてやろうという気持ちにさせられる。本書はそういった会話をまとめたものだ。読者はその企みに気づいてくれるだろうか。

京都の外から来た人間であるために、私はおそらく鷲田さんとは違う体験を京都でしてきた。学生時代は老舗の料理旅館で仲居さんと一緒に働き、祇園の歌舞練場で黒子のバイトをした。錦市場でひたすらコロッケを揚げ、映画のエキストラをやり、三大祭の行列を手伝った。仁和寺街道にある飲み屋に入り浸り、その店が桜の季節に平野神社に屋台を出す助っ人をした。大学の近くにも地下の穴倉のような飲み屋があり、そこで朝まで飲み続けることも多かった。大晦日や正月は、そういった行きつけの飲み屋の実家にお邪魔して、おせちをいただくことになっていた。飲み屋ではよく討論もし、ケンカもした。そのたびに女将《おかみ》に止められ、諭されて立ち直った。今でも私は、大学よりは京都の飲み屋で育てられたと思っている。

大学院に入ってからは、ニホンザルを追って日本の山野を巡り歩き、ゴリラを探してアフリカのジャングルに分け入った。その過程で自然に近い場所で暮らしている様々な人々に出会った。一緒に仕事をして野生の思考を学んだ。一日じゅうゴリラの群れの中で暮らし、ゴリラの暮らしの作法や感性を会得した。その視点に立って、人間世界や都市の暮らしを見渡したとき、おびただしい疑問が湧いてきた。人間は類人猿との共通祖先から分かれて約七〇〇万年、大切に育ててきたものがある。たとえば食物を分配したり、寝場所をともにしたりすること。そこに幸福の原点があるはずなのに、今それを急速に失いつつあるのではないか。人間も、人間の暮らしも何か今までとはまったく違ったものになりつつある。今こそ、野生の思考と都市の思考を合わせて、人間の来し方行く末を論じなければ大変なことになる。

本書で私は大学をジャングルに例えたが、京都はさらに規模の大きいジャングルである。そこには多様な職業の人々がそれぞれの伝統や慣わしに従って生きていて、しかも京都という文化を共有している。みんな好き勝手に自らの道を歩んでいるようだが、京都のどこかで出会い、なんとなくつながっている。このゆるやかな連携と相互理解は、東京のような大都市でも、一〇万人を切る小都市でも得られない。私たちの思考はまずそこで鍛えられた。京都という都市に、異世界に通じる多くの襞があったがゆえに、私たちはそこに入り込んでひたすら独自の体験や考えを積み重ねてきた。その蓄積をもとにして交わされた、ゴリラと哲学者の破天荒なダイアローグをぜひ楽しんでいただきたいと思う。本書を閉じたとき、読者が目をつぶり、ほっと一息ついてくれれば、これほどの幸せはない。

山極寿一

本書は、集英社クオータリー『ｋｏｔｏｂａ』二〇一五年秋号から四回にわたって連載されたものに大幅に加筆・修正したものです。

編集協力　竹林篤実

鷲田清一
わしだきよかず

哲学者。一九四九年、京都府生まれ。京都大学大学院文学研究科博士課程修了。大阪大学総長などを経て、京都市立芸術大学学長。せんだいメディアテーク館長。専門は、臨床哲学・倫理学。

山極寿一
やまぎわじゅいち

霊長類学・人類学者。一九五二年、東京都生まれ。京都大学大学院理学研究科博士課程退学、理学博士。京都大学総長。ゴリラ研究の第一人者。

都市と野生の思考
とし と やせい の しこう

インターナショナル新書〇一三

二〇一七年八月二日　第一刷発行

著　者　鷲田清一／山極寿一
わしだきよかず やまぎわじゅいち

発行者　花島良介

発行所　株式会社集英社インターナショナル
〒一〇一−〇〇六四　東京都千代田区猿楽町一−五−一八
電話　〇三−五二一一−二六三〇

発売所　株式会社集英社
〒一〇一−八〇五〇　東京都千代田区一ツ橋二−五−一〇
電話　〇三−三二三〇−六〇八〇（読者係）
　　　〇三−三二三〇−六三九三（販売部）書店専用

装　幀　アルビレオ

印刷所　大日本印刷株式会社

製本所　加藤製本株式会社

©2017 Washida Kiyokazu Yamagiwa Juichi　Printed in Japan　ISBN978-4-7976-80113-3　C0295

定価はカバーに表示してあります。
造本には十分に注意しておりますが、乱丁・落丁（本のページ順序の間違いや抜け落ち）の場合はお取り替えいたします。購入された書店名を明記して集英社読者係宛にお送りください。送料は小社負担でお取り替え致します。ただし、古書店で購入したものについてはお取り替え出来ません。本書の内容の一部または全部を無断で複写・複製することは法律で認められた場合を除き、著作権の侵害となります。また、業者など、読者本人以外による本書のデジタル化は、いかなる場合でも一切認められませんのでご注意ください。

インターナショナル新書

008
女の機嫌の直し方
黒川伊保子
AI開発でわかった脳の性差。優秀な男性脳ほど女性を怒らせる?! 男女のすれ違いや、女の機嫌の謎がいとも簡単に解き明かされる福音の書!

009
役に立たない読書
林　望
源氏物語から大藪春彦まで、読書は好奇心の赴くままにすべし! 古書店との付きあい方や古典の楽しみ方、書棚の作り方なども披露した著者初の読書論。

010
国民のしつけ方
斎藤貴男
政権による圧力と、メディア側の過剰な自主規制。その有り様はまるで国民をしつけるために巧妙に仕組まれているかのよう。真実を知るために何をすべきか。

011
流れをつかむ技術
桜井章一
勝負の世界だけでなく、仕事や生き方にも流れは重要。麻雀の裏プロの世界で20年間無敗の伝説を持つ桜井章一が、「流れのつかみ方」の奥義を伝授。

012
英語の品格
ロッシェル・カップ
大野和基
英語は決して大ざっぱな言語ではない! ビジネスや日常生活を円滑にするには、繊細で丁寧な表現が必須。すぐに役立つ品格ある英語を伝授する。